KB170993

池樂天

지악천

지악천 6권

초판1쇄 펴냄 | 2021년 09월 10일

지은이 | 일혼
발행인 | 성열관

펴낸곳 | 어울림 출판사
출판등록 / 2009년 1월 23일 제 2015-000062호
주소 / 경기도 고양시 일산동구 무궁화로 43-55, 801호 (장항동, 성우사카르타워)
TEL / 031-919-0122
FAX / 031-919-0127
E-mail / 5ullim@hanmail.net

ⓒ2021 일혼
값 8,000원

ISBN 978-89-992-7471-8 (04810)
ISBN 978-89-992-7209-7 (SET)

ULIM ORIENTAL FANTASY

6

지악천

일혼 무협 장편소설

목차

池樂天

지악천

第 二十八 章 — 사파와 중도 그 사이

　제갈청하와 제갈청운이 제갈세가로 돌아간 지 어느덧 한 달이 지나갔다.

　그리고 남악에는 완연한 겨울이 찾아왔다.

　눈발이 날리는 수준은 아니었지만 많은 이들이 두꺼운 옷을 껴입으면서 한파를 버텨내고 있었다.

　그런 것은 현청에 있는 이들도 대부분 마찬가지였다.

　현청 내부에서 딱 한 명을 제외하면 말이다.

　지악천은 남들이 두꺼운 옷을 입고 다닐 때 얇은 무명천으로 된 무복을 입고 다녔다.

검을 쥔 상태로 천천히 움직이는 그의 몸을 따라서 아지랑이가 피어올랐다.

초절정의 경지와 환골탈태를 이루면서 한서불침(寒暑不侵)을 자연스럽게 이룰 수 있었다.

물론 꼭 초절정의 경지와 환골탈태 때문만은 아니었다.

현재의 지악천은 화기와 냉기를 다룰 수 있기에 그런 것이기도 했다.

그렇게 연무장에서 검을 천천히 움직이는 모습을 일인일묘가 지켜보고 있었다.

일묘는 당연하게도 백촉이었고, 일인은 차진호였다.

'아주 괴물이 되고 있네. 이런 날씨에도 저러는 걸 보니.'

차진호는 자연스럽게 자신의 옷과 지악천의 옷을 비교했다.

그만큼 자신이 껴입은 모습과 지악천의 모습은 누가 봐도 비교될 정도였으니까 말이다.

대략 일 년여 전까지만 해도 이런 현청의 분위기는 상상도 할 수 없었다.

누구나 하하 호호 웃으면서 일을 할 것이라고 누가 생각이나 했겠는가.

그만큼 지악천이 단시간에 이뤄놓은 성과는 대단하다고 봐야 했다.

오죽하면 저잣거리에서 상인들이 지악천만 보면 허리를 숙이며 웃으면서 인사를 하겠는가.

그만큼 남악에 오래 있던 이들은 지악천에 대한 대단한 호감은 당연했다.

또 거의 맹목적으로 보일 정도의 믿음까지 가지고 있었다.

단순하게 예전처럼 힘으로 윽박지르지 않고 민심의 지지를 받는다는 것이다.

지악천에 대한 지지가 높아지면 높아질수록 지악천과 함께 일하는 차진호를 비롯한 대부분의 관졸들은 어디를 가든 편해진 것도 사실이었다.

그리하여 원래부터 좋았던 관졸들의 지지도 덩달아 더 좋아지기도 했다.

하지만 치안이 좋아진 만큼 차진호가 나서서 해야 할 일들이 많이 늘어나기도 했다.

보통 치안이 좋아지면 소문이 많이 돈다.

치안이 좋아지면 자연스럽게 삶이 나아지기 마련이었다.

그리고 삶이 나아진다는 뜻은 소비가 이뤄진다는 뜻

이니 그 말인즉 돈이 돈다는 소리였다.

돈에 가장 민감한 이들이 바로 상인들이니 소문이 돌지 않을 수 없었다.

언제나 목 좋은 자리에는 이권 다툼이 생기기 마련이었으니까.

거기다 이상하리만치 남악에는 대형 상단이 들어오질 못하고 있었기에 중소, 영세 상단들이 줄지어 들어오다 보니 이런저런 소란이 자연스럽게 늘어날 수밖에 없었다.

현재 그걸 조율하고 있는 사람이 바로 차진호였다.

지악천이 순찰을 주로 한다면 차진호는 수시로 그들이 문제를 일으키면 시시비비를 가려서 문제가 있는 이들을 전부 현청으로 끌고 왔다.

오늘도 그 문제 때문에 지악천을 찾아왔다.

하지만 저렇게 집중해서 수련 중인 그에게 말을 쉽게 걸 수 없었다.

그렇게 일각가량을 기다리던 차진호의 인내심은 거기까지였다.

"크흠."

가벼운 헛기침을 했지만 지악천의 귀에는 들리지 않았는지 계속해서 검을 천천히 움직이고 있었다.

"크흠!"

이전보다 조금 크게 했지만 역시나 마찬가지였다.

"커흠!!"

이번엔 대놓고 소리치는 수준의 헛기침에 검을 멈춘 지악천의 시선이 차진호를 향했다.

"왜?"

"중심가에 문제가 생겼는데 양쪽이 못 나가겠다고 버티고 있습니다."

"그게 뭐? 네 선에서 가능…… 아니, 가능하지 않으니까 나한테 왔겠지?"

지악천이 말을 고치며 차진호를 바라보며 묻자 차진호 역시 살짝 씁쓸한 표정을 했다.

"예. 아무래도 무인이 연관된 모양입니다."

"무인?"

"예. 말하는 모양새를 보아하니 중도나 사파 쪽 인물인 거 같은데……."

"아하. 그래서 그런 놈 하나 제압하지 못할 것 같아서 나한테 왔다?"

그 말과 동시에 지악천의 표정이 변했다.

지악천의 표정을 본 차진호가 순간 잘못 말했다는 걸 느꼈는지 바로잡으려고 했다.

"아니, 그게 아니고……."

"아니긴 개뿔. 넌 나 올 때까지 봉 잡고 있어라. 와서 땀 안 흘리고 있으면 내가 직접 나게 해준다."

지악천의 말에 차진호의 얼굴이 핼쑥하게 변했다.

지악천은 한서불침이라 땀을 거의 안 흘리긴 했지만, 흘리게 하려면 못할 것도 없었다.

하지만 차진호는 달랐다.

이 추위에 땀을 흘리는 것은 결코 쉬운 일이 아니었다.

"아니, 혀, 형님……."

"형님이고 개뿔이고 당장 봉 가져와서 하고 있어라. 다녀올 테니까."

차진호의 말을 들을 필요도 없다는 듯이 겉옷을 걸친 지악천이 차진호의 옆을 지나쳐갔다.

"아니, 제기랄……."

이미 텅 빈 연무장엔 차진호의 쓸쓸한 목소리만 울릴 뿐이었다.

현청을 벗어난 지악천이 환영구보(換影九步)를 펼쳐 사람들의 사이사이로 빠르게 스며들 듯 빠르게 중심가로 향했다.

고성이 울리고 주변에 관졸들이 즐비하고 그 바깥으로는 구경꾼들이 모여들고 있었다.

그 와중에 뒤쪽에서 지악천을 발견한 이가 있었다.

"어!? 지악천 포두님이다! 다들 비켜봐! 포두님 오셨다!"

관졸도 아닌 일반 양민의 외침에 다들 빠르게 지악천을 중심으로 쫙 갈라졌다.

그런 그들의 모습을 본 지악천이 고개를 절레절레 흔들면서 상황 파악 못 하고 고성을 지르는 이들에게 향했다.

"개새끼야! 그따위로 상도의 없이 장사할 거야! 너 같은 새끼들 때문에 다른 사람들도 욕먹는 거야! 알아듣냐!"

"몰라! 그런 걸 내가 알 바냐 새끼야!"

그들의 모습은 한 명이 실수를 지적하고 다른 한 명이 모르쇠로 일관하는 듯한 모양새였다.

'근데 무인이 어디에 있다는 거지?'

이미 도착하기 이전부터 기감을 펼쳐놓는 중이었는데 딱히 무인이라고 할 수 있는 존재감을 느끼지 못했다.

눈을 이리저리 돌리며 주변을 훑었지만, 딱히 무인으로 보이는 이가 보이지 않았기에 결국 그들의 앞으로 다가갔다.

"뭐?! 이 개새끼가! 좋게 충고를 해주면 잘 들어 처…… 누, 누구?"

"그래. 나는 포두인데 시끄럽게 떠들고 있는 당신들은 누군데?"

포두라는 지악천의 그들의 시선이 지악천의 얼굴에서 몸으로 향했다.

그리고 지악천이 입고 있는 옷이 포두복이라는 것을 인지했는지 벌겋게 달아올랐던 이의 얼굴이 빠르게 가라앉기 시작했다.

'강 형이 왔군.'

조금 떨어진 곳에서 강성중의 기척을 느낀 지악천은 다가가면서 전음을 날렸다.

─강 형. 진호가 무인을 봤다고 하던데 수고스럽겠지만, 좀 찾아주겠어?

사람을 찾는 쪽으로는 자신보다 강성중이 월등히 뛰어나기에 지악천으로선 당연한 선택이었다.

지악천의 전음을 듣기 무섭게 숨어 있던 강성중이 움직였다.

그 기척을 읽은 지악천은 입가에 옅은 미소를 지으며 앞에 있는 상인들에게 다가갔다.

"소속."

"예?"

"어느 상단 소속이냐고 물었다. 아니면 보부상인 가?"

"소인은 상단에 속하진 않고 소양(邵陽)에서 작게 포목 점포를 하고 있습니다."

"그럼, 너는?"

"……보부상이오."

"이오?"

그의 끝말을 따라 한 지악천의 말에 자신을 보부상이라 밝힌 사내가 빠르게 정정했다.

"보부상입니다."

재빠르게 말을 고치는 보부상 사내를 보며 지악천이 고개를 끄덕였다.

"좋아. 한 명은 점주 한 명은 보부상. 어차피 본질은 둘 다 상인. 그래. 그런 상인들이 왜 싸우고 있었지?"

지악천의 물음에 포목점 상인이 바닥에 뒹굴고 있던 천을 집어 들었다.

"이것 때문입니다."

포목점 상인이 들어올린 것은 당연하겠지만, 천이었다.

염료를 이용해서 물들이기 직전의 무명천이었다.

"그런데?"

"저놈…… 아니, 저 사람이 가져온 걸 한번 보시면 아실 겁니다."

그 말에 시선이 자연스럽게 보부상에게로 향했다. 그리고선 그를 향해서 손을 까딱거렸다.

"가져와 봐."

지악천의 말에 보부상이 우물쭈물하면서 봇짐에서 꺼내길 주저했다.

"꼼지락거리지 말고 가져오란 말 안 들려!?"

지악천의 호통에 보부상이 결국 짐을 꺼낼 수밖에 없었다.

그리고 그가 꺼낸 짐은 포목점 점주가 보여줬던 무명천과 같은 물건이었다.

"그래서 이게 뭐? 같은 무명천인데 이걸 가지고 싸울이유가 있었나?"

"그거야……. 값이 문제였습니다."

"값이 문제다?"

포목점 점주의 말에 지악천이 이해하지 못하겠다는 듯이 고개를 갸웃거렸다.

"큼큼. 보시다시피 제 물건과 저 사람이 가져온 물건

의 질의 차이는 거의 없습니다. 그런데 말도 안 되는 값에 팔려고 하지 않습니까."

"말도 안 되는 값?"

물어보는 사이에 강성중이 알아왔는지 전음을 보냈다.

―동남쪽에 네가 말한 무인으로 보이는 이를 찾았다.

―몇 명인데?

―4명. 근데 딱히 그저 그런 수준이야, 많이 쳐줘도 일류에서 이류 수준인데?

―알겠어. 일단 좀 더 지켜봐 줘. 여기 일 처리하면 그쪽으로 갈 테니까.

이어지는 점주의 말을 대충 흘려들으면서 빠르게 전음을 주고받은 지악천이 넓게 퍼트렸던 기감을 점점 좁히기 시작했다.

고작 일류 수준으로 차진호를 압박할 수는 없을 것이 분명하기에 다른 누군가가 있다고 확신했다.

'어떤 놈이냐…….'

"…해서 말이 안 된다는 겁니다. 이렇게 막 팔면…….."

"그게 문제다? 싸게 팔면 이윤이 적게 떨어지니? 그게 당신이 말하는 상도의란 말이지?"

지악천은 대충 흘려들은 점주의 말을 종합했다.

주변의 눈이 싸늘하게 변하는 것을 느낀 점주가 말을 덧붙이려고 했지만 지악천이 제지했다.

"됐고. 값은 어차피 파는 당사자가 알아서 할 문제야. 그러니 그만 시끄럽게 하고 소양으로 돌아가든지, 아니면 이 사람과 같은 값으로 팔든지 알아서 하면 될 것 아닌가. 어차피 당신들이 파는 값이 남악의 포목점보단 결과적으로 싸다는 것도 틀리지 않으니. 이만하면 알아들었지?"

지악천의 말에 상도의를 들먹거리던 점주의 얼굴을 붉게 달아올랐다.

상도의를 들먹거리기 전에 그 역시 상도의를 어긴 것이 사실이었다.

반박할 거리가 없자 빠르게 짐을 챙겨 좌중을 뚫고 나가기 시작했다.

본래 지역 장사하는 점주들은 이런 떠돌이들에게 관대한 편이었다.

그들 역시 상인이기에, 보부상으로 다니는 이들의 고충을 알기에.

하지만 그걸 악용하는 이들에겐 가차 없었다.

그렇게 점주가 도망치자 다른 이들도 빠르게 각자의

갈 길로 빠르게 흩어졌다.

"저…… 감사합니다!"

점주가 사라지자 보부상이 다가와서 허리를 숙이며 인사했다.

"됐고, 그렇다고 당신도 썩 잘한 입장은 아니라는 것쯤은 표정을 보니 아는 모양이니 다음부터 조심해."

지악천의 말에 보부상이 그의 얼굴을 살짝 바라보더니 봇짐을 짊어지고 설렁설렁 자리를 떠났다.

'어디에 있냐?'

지악천은 그렇게 소란을 정리하고서 계속해서 좁히던 기감을 날카롭게 다듬기 시작했다.

강성중이 이곳으로 왔을 때 눈치채지 못했다면 최소 강성중과 동등하거나 그 이상의 은신술 가졌을 확률이 높았다.

그런 이를 찾는 게 쉬운 일은 아니었지만, 어디에나 방법은 존재하기 마련이었다.

'자신을 숨기겠다면 드러내게 할 방법은 얼마든지 있지. 그쪽에서 날 찾게 만들면 되지. 정말 날 감시하기 위해서 왔다면 말이야.'

생각을 정리한 지악천이 곧장 땅을 박차는 모습조차 보이지 않을 정도로 빠르게 사라졌다.

내공을 십분 활용한 새로운 신법인 무영흔(無影痕)이었다.

방금까지 서 있던 지악천의 존재 자체가 마치 처음부터 존재하지 않았다는 듯이 사라져버린 것이다.

중요한 것은 지금 무영흔의 성취는 고작 4성에 불과한 수준이란 점이었다.

물론 그만큼 지악천이 내공을 아낌없이 썼기에 가능한 모습이기도 했다.

지악천이 사라지자 지악천을 바라보고 있던 양민들은 깜짝 놀랐다.

이내 다들 지악천의 무공이 뛰어나다는 것을 익히 알고 있었기에 그러려니 했다.

그나마 남아 있던 사람들조차 제 갈 길로 가기 시작할 때, 한 사내가 지악천이 서 있던 자리에 모습을 드러냈다.

그는 묘한 인상을 주는 사내였다.

평범한 듯하면서 평범하지 않은 그런 느낌이었다.

그런 그는 지악천이 사라진 자리에 서서 그가 움직인 방향을 바라보고 있었다.

마치 지악천이 그쪽으로 움직였다는 것을 알기라도 한다는 듯이.

충만한 내공을 이용해서 무영흔을 펼친 지악천은 어느새 강성중이 알려줬던 무인으로 보이는 이들이 있는 인근에 다다른 상태였다.

'일단 놈들을 붙잡아서 관계가 있는지 캐물어 보면 되겠지.'

지악천은 일단 그들을 잡아볼 생각이었다.

지악천이 빠르게 기감을 다시금 넓히며 강성중의 위치를 찾기 시작하자, 그가 먼저 반응했다.

—왔군. 이쪽이다.

강성중이 가볍게 손을 들며 전음을 날리자 그걸 확인한 지악천이 그에게 다가갔다.

—어때?

—글쎄? 별거 없어. 일단 확실한 것은 제대로 배운 이들은 아니야. 대충 짐작한다면 낭인이네. 그렇다고 낭인으로 이름을 날린 것도 아니기도 하고. 대충 이름난 낭인들이라면 대부분의 용모파기 정도는 기억하고 있으니까.

—흠.

지악천의 반응이 묘한 걸 느낀 강성중이 재빠르게 덧붙였다.

—별거 아닌 이들 건드릴 생각하지 말고 그냥 지켜봐.

이상한 짓을 한다면 그때 가서 처리해도 늦지 않을 테니까.

그 말에 살짝 고개를 끄덕이며 그들을 바라봤다.

그렇게 반 시진 정도를 낭인들을 지켜보는데 투자했지만, 강성중의 말대로 그들은 시시콜콜한 이야기를 나눌 뿐 별다른 중요한 이야기는 하나 없었다.

—어쩔 거야?

—글쎄? 어떡하지? 딱히 이렇다 할 내용은 없는데 강형의 말대로 저들이 낭인이라고 하기에 적당하긴 한데 뭔가 꺼림칙하단 말이지. 강 형. 저들 좀 지켜봐 줄 수 있을까? 분명 뭔가 있어…… 잠시만.

전음을 보내던 지악천의 기감에 빠르게 움직이는 이가 느껴지기 시작했다.

하지만 강성중은 그걸 아직 느끼지 못했는지 지악천에게 물었다.

—왜?

—누군가 빠르게 이동 중이야. 방향은…… 뒤쪽!

그 말과 동시에 둘은 숨죽였고, 누군가의 신형이 그들의 머리 위를 지나갔다.

—웬 놈이지?

—모르지 나야. 근데 상태를 보니 녀석이 찾아올 만

했네.

움직임만으로 가늠한다면 최소한 절정 이상의 움직임이었다.

물론 모든 것을 경공 하나만으로 판단할 순 없지만 그만한 수준으로 보이긴 했다.

자신들을 지나쳐간 이의 뒷모습을 지켜보던 강성중이 눈살을 찌푸렸다.

왠지 모르게 뒷모습이 낯익었다.

'설마?'

강성중은 낭인들에게 향한 이의 뒷모습을 볼 뿐이었다.

─역시 저놈들이랑 연관이 있었네.

집중하고 있어서 그런지 강성중이 전음에도 답이 없자 지악천이 계속해서 불렀다.

─강 형? 강 형!

─어? 어, 왜?

─아니, 아는 놈이야?

─……그런 거 같기도 하고 아닌 거 같기도 하고 애매하네.

불분명한 강성중의 말에 지악천이 재차 물었다.

─그래서 안다는 거야? 모른다는 거야?

―일단 기다려봐. 얼굴을 봐야 알 수 있다고.

―건드려 볼까?

―아니, 내가 아는 놈이라면 네가 나타나기 무섭게 달아나기 시작할 거다. 아마 쉽게 잡긴 힘들걸?

―강 형도 잡기 힘든 놈이라는 말인가?

―뭐…… 내가 아는 놈이라면 그렇지.

그가 순순히 인정하자 지악천의 눈이 지루함에서 흥미로움으로 바뀌기 시작했다.

강성중이 그렇게까지 말하는 사람이라면 제대로 된 경공 수련에 도움이 될까 싶었다.

그렇게 그들을 지켜보던 둘은 뒤늦게 나타난 이가 품에서 전낭을 꺼내 기다리고 있던 이들에게 건네주는 모습을 볼 수 있었다.

―뭐야, 쟤들은 그냥 미끼였네?

―그러네. 딱 그놈들이 자주 하던 방식이네.

―강 형. 그놈들이 누군데 그래?

―누구긴. 사파 쪽에서 정보를 굴리는 흑연(黑煙)이라는 놈들이지.

강성중의 말에 지악천이 고개를 갸웃거렸다.

당연하겠지만, 그는 처음 듣는 말이기도 했다.

―흑연?

―그래. 흑연. 하오문과 비슷한 놈들인데 좀 더 특화됐다고나 할까나?

―개방 같은 이들이라는 말이지?

―뭐, 비슷한데 소문으로는 더러운 일도 주저하지 않는다고 하더군. 살인부터 인신매매 같은 것들도 돈만 적절하면 해주기도 한다고 하니까. 물론 소문이긴 하지만.

―그 소문의 진위는?

―반반. 하오문에서 했던 일도 흑연이 했다고 부풀려지는 일도 있고, 그 반대의 일도 있기도 했고 결정적으로는 무엇 하나 확실하게 밝혀진 부분이 없다.

―그 말은 하오문과 흑연과 구별이 힘들다는 말과 다르지 않잖아.

―그렇긴 한데. 우리 쪽은 흑연이 분명 존재한다고 믿거든. 하오문도 흑연이 있다는 걸 공공연하게 떠벌리고 있고.

―성동격서 같은 경우인가? 결국, 흑연의 정체를 파악하려면 그 소문을 내고 다니는 하오문을 쳐야 하는데, 하오문을 치면 흑연은 종적을 감출 것이니까?

―뭐, 대체로 맞아. 그리고 내가 처음부터 너를 감시했던 것은 아니라고 했었지?

그 말에 지악천이 기억을 떠올리며 고개를 끄덕였다.

—그랬지. 근데 왜?

—내가 뒤를 밟던 놈이 지금 저놈 같다. 걸음걸이와 체형이 비슷해. 물론 같은 무공을 익힌 놈일 수도 있지만, 체형까지 같은 건 우연이라고 생각하기 힘드니까.

—아하. 그러니까 강 형이 이쪽으로 오기 전까지 흑연의 뒤를 밟고 있었고, 당시에 저놈과 비슷한 놈을 감시하고 있었다. 이 말이지?

그 말에 고개를 끄덕이면서도 강성중은 시선을 떼지 않았다.

—맞아. 내가 처음 남악에 와서 시작한 일이 있었지. 이곳에 있는 개방소속과 하오문 소속을 쫓아내는 것. 근데 막상 오니 할 일이 없더라고.

—그렇지. 칠성방, 창골방, 매동방에 있던 시정잡배들 전부 다 쫓아내 버렸으니까. 그 과정에서 홍등가도 대부분 박살나서 사실상 영업을 못 했고, 거기다 빈민가에 있던 거지가 돼야 했던 이들을 대부분 관졸로 채용했지.

—맞아. 그래서 너무 방심했다.

—방심?

—아무리 네가 말한 그 셋이 전부 다 하오문과 끈이

있다곤 생각진 않지만, 어느 하나라도 끈이 있었다면 하오문에서 한 번쯤은 사람을 보냈어야 정상일 테니까. 하지만 네가 저지르고 다닌 일이 어디 한두 가지여야지.

─아하. 그래서 그 나를 조사하려고 하는 것 같다. 이 말이야?

─확실하진 않아. 다만, 그럴 수 있다는 거지.

─솔직하게 너에 대해서 알려진 건 정말 작은 부분에 불과하잖아. 안 그래? 가볍게 본다면 무공 좀 익힌 포두. 특이한 고양이를 데리고 다니는 포두. 대충 이런 정도지. 표면적으로는 그래서 만약 누군가가 그 소문을 제대로 조사하고자 했다면 이야기가 달라진다 이거지.

─어디가 달라져? 쟤들이 날 죽이기라도 한단 말이야?

지악천의 말에 강성중이 고갤 흔들었다.

─미쳤다고 관의 사람을 죽이겠어? 다시 사업을 할 수 있게 준비하겠지. 하오문의 힘은 음지에 활동하는 사람과 돈인데. 현재 남악의 사정을 생각하면 더더욱 욕심을 낼 수밖에 없겠지. 사실상 지금의 남악은 최고의 전성기라고 봐도 좋잖아? 지척에 중원오악(中原五岳)의 수악(壽岳)으로 불리는 형산이 있고 또한, 네가 시정잡배들 전부 쓸어버려서 뒤로 상인들이나 양민들

털어먹는 놈들도 없고, 오가는 상인들에게 자릿세를 뺏길 하겠어? 그러니 평소보다 주머니가 든든한 이들이 절로 소비로 이어지지. 그러니 아까 같은 상인들이 자연스럽게 소문을 듣고 모여들 수밖에 없지. 그리고 사람들은 유흥거리를 찾기 마련이잖아. 물론 네가 도박장 같은 곳들을 전부 쓸어버리고 있는 것도 문제이긴 하지만.

강성중의 말에 지악천이 살짝 인상을 찌푸렸다.

—뭐야? 결국엔 내 탓이라는 거야?

—그렇다고도 볼 수 있지. 물론 네가 도박장 같은 곳을 박살내지 않아도 어차피 하오문은 욕심을 낼 수밖에 없어. 아까 말했잖아. 칠성방, 창골방, 매동방. 걔들이 없어진 게 가장 큰 이유야. 그리고 넌 그들의 목적을 방해할 걸림돌이고. 물론 가정이야. 확실하진 않아.

—가정이고 나발이고 기분이 썩 좋진 않네. 그렇다고 개방의 거지들과 숫자만큼은 맞먹는다는 하오문 놈들을 전부 족칠 수도 없는 노릇이니.

지악천의 말에 강성중이 가볍게 미소 지었다.

—적당한 게 좋을 때도 있는 법이지.

—그래도…… 아, 쟤들 움직이네. 어쩔 거야?

—그냥 둬. 어차피 쟤들이 할 수 있는 일은 없을 테니

까. 그리고 제갈세가 사람들이 남악에 있다는 걸 모르
지 않을 테니까.

　—그래서 강 형은 어쩔 건데?

　—어쩌긴 그냥 가봐야지. 가끔은 말이야 이렇게 있는
것보다 모습을 드러내고 접근하는 게 의심을 덜 사는
법이거든. 그리고 네 얼굴은 이미 알고 있을 테니까 여
기에 얌전히 있으라고. 문제가 생기면 전음으로 알려
주고.

　강성중의 말에 지악천이 고개를 끄덕였다.

　그러자 강성중이 조심스럽게 몸을 일으키며 뒤쪽으로
사라졌다.

　'확률은 높지 않다곤 했지만, 하오문이든 흑연이든 골
치 아픈 일이 생기는 거 아닌지 모르겠네.'

＊　＊　＊

　그 시각, 허름한 객잔에 자릴 잡은 제갈천이 죽엽청을
따라 마시며 보름 전의 일을 떠올리고 있었다.

　후읍, 탁!

　제갈천이 죽엽청을 통째로 들어 마시다가 내려놨다.

　'씨발. 씨발.'

제갈천은 이렇게 밤낮 가리지 않고 술을 마시며 그날의 지악천의 모습을 잊으려고 했지만, 여의치 않았다.

분명 그것은 두려움이었다.

하지만 그 두려움이 문제가 아니었다.

단지 제갈천은 인정할 수 없는 것뿐이었다.

자신이 겁을 먹었다는 사실과 그날의 자신의 무기력함을 인정할 수가 없었다.

탁. 빙그르르.

절반쯤 남은 죽엽청을 들어 한 번에 비워낸 후 한쪽에 쌓인 술병들이 있는 곳으로 밀어냈다.

꽤나 많은 수의 술병들이 쌓여 있었지만 제갈천의 눈은 취한 사람의 그것과는 달랐다.

오히려 너무나도 멀쩡해 보였다.

스윽.

그런 그의 앞에 술병을 치울 때까지도 없었던 작은 쪽지가 놓여 있었다.

'음?'

쪽지를 발견한 제갈천이 그 쪽지를 집어 펼쳤다.

[귀하의 도움이 필요합니다. 흑(黑)]

'흑?'

제갈천은 쪽지의 내용을 보면서 고개를 갸웃거렸다.

분명 취한 것은 아니었지만 딱히 떠오르는 것이 없었기 때문이었다.

휙!

그대로 쪽지를 구겨버린 채로 던져버리고 새로운 술병에 손을 대는 순간 그의 앞에 처음 본 사람이 앉았다.

"그렇게 버리시면 기껏 쓴 사람으로서 안타깝지 않습니까. 제갈천 공자."

"꺼져라. 꿀꺽, 꿀꺽."

제갈천은 자신의 앞에 앉은 이를 깔끔하게 무시하고 술병 째로 마시기 시작했다.

탁.

그러나 나타난 사람은 미동도 하지 않았다.

"꺼억. 꺼지라고 했을 텐데? 어! 네놈도 날 무시하는 거냐?"

마치 취한 듯한 말투지만 그의 눈은 역시나 전혀 취하지 않았다.

그런 제갈천의 모습에도 앞에 있은 이는 그저 흥미로운 눈으로 그를 쳐다봤다.

"안 취한 거 다 압니다. 제갈천 공자. 공자께서 주당

이기도 하지만, 지금 같은 상황에서 취하면 바보겠죠. 제갈가의 이름이 아까울 정도로."

팍!

그 말이 끝나기 무섭게 제갈천의 눈이 번뜩이면서 한순간에 앞에 있는 이의 멱살을 잡아당겼다.

"버러지만도 못한 놈 같은데 감히 제갈의 이름을 논해? 네까짓 놈의 입에서 나올 만큼 제갈의 이름이 낮게 생각하는 모양이지?"

"하지만 그 이름조차 한낱 포두에 비하면 별거 아닌 모양이더군요. 안 그렇습니까? 제갈천 공자."

제갈천의 손에 멱살을 잡힌 상태에도 유유낙낙한 목소리가 제갈천의 심기를 오히려 차분하게 만들었다.

"놈…… 뭘 알고 온 거지?"

차분하게 가라앉은 제갈천의 눈을 보면서 그는 더욱 진한 눈웃음을 지었다.

"글쎄요. 제가 뭘 알고 있는지는 공자께서 알아야 할 부분은 아니지요. 제갈천 공자께서 알아야 할 부분은 이곳의 포두. 지악천이 아닙니까. 제가 알고 있는 내용과 공자께서 알고 있는 것들을 합치면 아주 좋은 이야깃거리가 나오지 않겠습니까. 제갈세가에서 지악천에게 관심을 끊을 만큼."

그의 말에 끝나기 무섭게 그의 멱살을 잡고 있던 제갈천의 손이 스르륵 풀렸다.

"말해봐. 네가 알고 있는 모든 것을. 하지만 명심해. 허튼소리에 불과하다면 내가 네 목을 꺾어버리겠다."

"일단 주변을 정리하고 얘길 계속하시죠."

그의 말이 끝나기 무섭게 그가 손을 까닥거렸다.

주변에 대기하고 있던 이들이 객잔을 가득 채우면서 온갖 소음으로 가득해졌다.

―이 정도는 해야 대화가 묻히지 않겠습니까.

―헛소리하지 말고 네 정체부터.

―하하, 이미 밝혔지 않습니까. 눈치 좋으신 분이 왜 그러실까.

그의 능글맞은 말투에 제갈천이 인상을 찌푸리며 생각했다.

'밝혔다? 흑(黑)? 그게…… 설마?'

한 가지 짐작되는 것이 있었지만, 설마 했다.

하지만 이런 경우 직접 말하게 하는 게 더 좋았다.

―직접 밝혀.

―하하. 뭐, 그러지요. 저는 흑연(黑煙)의 호남 지부장입니다. 이름은 굳이 밝힐 필요가 없다면…….

자신을 흑연의 호남 지부장이라고 그를 보여 제갈천

은 최대한 표정 관리를 했다.

—흑연이라…… 꽤나 수면 밑에서 활동하시는 양반들이 본격적으로 활동하기로 한 건가? 그것도 제갈세가를 상대로?

—하하. 제갈세가에 어찌 함부로 하겠습니까. 하지만 제갈천 공자께서 제갈세가를 대변하는 분은 아니지 않습니까. 지금은 어디까지나 사람 대 사람으로 만날 뿐입니다. 괘념치 마시지요.

—그런 것치곤 대우가 수상쩍은데? 거기다…….

—그렇지요. 상대가 상대인 만큼 저희로서는 조심스럽습니다. 아실 만큼 아시지 않습니까.

전음을 주고받으면서도 제갈천은 계속해서 죽엽청을 자연스럽게 마시고 있었다.

탁.

—그를 죽이겠다는 건가?

—설마요. 암상을 상대로 가벼운 전쟁을 벌인 그를 상대로 말입니까? 그럴 생각이었으면 제갈천 공자를 만나지도 않았겠지요. 특급살수 하나 구하면 될 일 아니겠습니까.

지부장의 말에 콧방귀가 절로 나왔다.

초절정 고수를 죽일 수 있는 특급살수가 있다면 이미

크게 알려졌을 테니까.

―가당치도 않은 헛소리군. 특급살수로는 고작해야 절정고수 하나도 죽이기도 힘들 텐데. 크크크.

제갈천의 웃음 섞인 전음에 지부장의 입가가 살짝 굳었다.

제갈천의 말속에서 지악천이 그저 그런 절정고수 같은 수준이 아니라는 뜻을 읽은 것이다.

―흠흠, 그러니까 그럴 의도는 없습니다. 저희도 의뢰들을 받고 움직일 뿐입니다.

―의뢰'들'?

제갈천의 물음에 그는 순순히 고갤 끄덕였다.

―그렇습니다. 하나는 하오문. 하나 암상입니다. 공자께서도 아시겠지만, 저희와 하오문은 사실상 공생관계이고 암상은 단단한 돈줄이지요.

―그래서? 나에게 뭘 원하는 거지?

―사실 별거 없습니다. 도저히 지악천 포두에게 접근할 수도 없기에 제갈천 공자에게 정보를 얻기 위해서죠.

그의 말에 제갈천이 다시금 죽엽청을 들이켰다.

지악천만 생각하면 가슴이 답답하고 쓰린 탓이었다.

―정보라…… 빌어먹을. 하나같이 죄다 놈만 찾아대는군.

─하하. 그렇습니까. 아무튼, 제갈천 공자께서 협조해주신다면 저희 쪽에서도 적잖은 도움을 드리겠습니다.

─내가 필요한 도움이 그놈의 죽음이라면?

─하핫! 일단은 저희 쪽으로도 최대한 노력해보겠다는 말씀만 드릴 수 있겠습니다. 이미 무림맹에서 그에게 관심이 있는 상황 아니겠습니까. 만약 제갈천 공자께서 무림맹의 관심을 돌려주신다면 저희가 움직일 수도 있지요.

─하지 않겠다는 말이군. 흥! 뭐, 어차피 네놈들이 할 수 있다고 해도 믿지도 않을 거다. 아니, 오히려 더 신용이 떨어졌겠지. 네놈들이 천하십오절(天下十八絶)을 동원 가능한 것도 아닐 테니.

흑연을 깎아내리는 제갈천의 말에 지부장의 표정이 살짝 굳었다.

─……그 말씀은 그자가 그만한 무력을 가진 이가 아니라면 상대하기 힘들다는 뜻으로 이해해도 되겠습니까?

─이미 알 만큼 알 텐데? 그런데도 나를 떠보는 건가? 내가 그에 대해서 얼마나 알고 있는지? 그리고 살수를 운운하는 순간부터 너희들의 전력을 스스로 깎아내렸

지악천 38

는데, 뭐가 문제 될 게 있나?

'확실히 제갈가의 피를 받긴 했군. 몇 가지 던진 말로 이쪽의 전력을 가늠하는 것이. 하지만 확실히 어수룩하군. 흐흐.'

지부장은 제갈천을 속으로 비웃으면서도 전혀 그런 기색을 내비치지 않았다.

―없습니다. 하지만 철저히 준비한다면 가능성이 없는 것은 아니지 않겠습니까.

―흥, 그건 너희들이 알아서 할 일이지. 내 조건은 하나다. 놈을 죽여라. 그것이 이뤄지지 않는다면 내가 가진 모든 걸 동원해서라도 너희들을 추살(追殺)할 것이다.

―제대로 협조만 해주신다면 저희도 그 조건에 부족함 없이 행할 겁니다.

그의 말에 어느덧 마지막 남은 죽엽청을 비워낸 제갈천이 빈 병을 내려놓았다.

―그 말 잊지 말도록.

―아무렴요. 공자 역시 최선을 다하시길.

그 말을 끝으로 제갈천이 먼저 자리에서 일어나 휘적휘적 객잔을 빠져나갔다.

수북이 쌓인 죽엽청의 빈 병들이 그의 흔적으로만 남

아 있었다.

그리고 지부장은 입가에 떠오르는 미소를 지우지 않았다.

'역시 제갈천을 찾아오길 잘한 모양이야.'

보름 전의 이야기를 떠올리며 술잔을 들이켜고 있던 제갈천은 오늘도 그날 이후로 자신을 호남 지부장이라고 밝힌 흑연의 인물과 많은 대화를 나눈 상태였다.

사실상 자신이 알고 있는 지악천의 모든 것을 얘길 주고받았으며, 그와 꾸준하게 지악천을 향한 세가와 자신의 숙부이자 무림맹의 군사인 제갈군의 관심을 돌릴 방법을 모의했지만, 딱히 나올 만한 것이 없었다.

그렇기에 이렇게 보름씩이나 허비한 것이었다.

"후우……."

지악천의 비위를 찾으려고 흑연이 사방팔방으로 움직였지만 아무런 의미가 없었다.

—참나. 이렇게 비위가 없는 사람은 또 처음입니다.

어느새 제갈천이 있는 건너편에 자릴 잡은 지부장의 말에 제갈천은 자연스럽게 술잔을 들어 마셨다.

꿀꺽. 꿀꺽.

탁.

―그러면 우리의 약속도 무의미하군. 당신은 그놈을 묶어두지 못할 거고 나는 무림맹의 시선을 돌릴 수 없으니.

―하핫. 그럴 수 있겠습니까. 일단 더 노력을 해보셔야 하지 않겠습니까.

지부장의 말에는 고집이 녹아들 있었다.

지부장에겐 제갈천은 아주 좋은 칼이었다.

그것도 날을 바짝 갈아놓은 아주 잘 드는 칼이었다.

'이런 기회를 놓친다면 그야말로 병신이지.'

물론 이 일에 협력한다고 해서 이걸 가지고 제갈천을 협박하는 것은 아주 멍청한 짓이었다.

아무런 증거조차 없는 상태에서 상대를 흔드는 짓만큼 멍청한 건 없기에.

지부장에게는 제갈천은 지악천에 대해서 알아보다가 얻어걸린 것에 불과했지만, 잘만 패를 키우면 여러모로 나쁘지 않을 것이란 계산을 끝냈다.

제갈천은 그런 그의 낌새를 어느 정도 읽긴 했지만 애써 무시했다.

자신의 힘은 제갈세가에서 나오는 것이기에 그 힘이 통하지 않을 지악천을 상대로는 흑연 같은 뒷배가 필요했으니 어쩔 수 없다고 생각했다.

'너희가 날 이용하려는 만큼 나도 너희를 철저하게 써먹어 주마.'

둘은 동상이몽을 꾸며 서로를 보면서 잔잔한 미소를 입가에 그렸다.

그리고 그때 강성중이 객잔으로 들어서면서 제갈천과 눈이 마주쳤다.

둘은 마주치기 무섭게 가볍게 눈인사를 했다.

'제갈천이 여기에 왜 있는 거야? 계속 있었던 건가?…… 설마 그런 건 아니겠지.'

빈자리에 앉은 강성중은 마치 점원을 찾는 듯한 행동을 하며 빠르게 주변을 훑었고 제갈천의 건너편에 있는 지부장의 위치를 확인했다.

'음…… 얼굴은 다르네. 아니지, 면구를 사용하고 있을 수도 있으니 조금 더 관찰하자.'

결정을 내린 그는 그렇게 본의 아니게 제갈천과 지부장을 감시하게 됐다.

전혀 예상하지 못한 강성중의 등장에 제갈천의 등줄기에 식은땀이 흘렀다.

'설마…… 걸렸나?'

강성중이 들어왔는데도 지부장이라는 놈은 전혀 강성중을 인지하지 못하고 있다는 사실에 화가 났지만, 어쩔 도리가 없었다.

자신이 강성중에 대해선 전혀 말하지 않은 것도 있으니 자신의 탓이 전혀 없다곤 할 수 없었기 때문이다.

'빌어먹을.'

술잔을 기울이며 최대한 자연스럽게 죽엽청을 마신 후 술잔에서 입을 살짝 떼고 재빠르게 전음을 날렸다.

―불청객을 데려왔군. 자신이 감시당하고 있을 수도 있다는 생각은 아예 하지 않은 모양이야.

제갈천의 말에 지부장은 놀람을 감출 수 없었는지, 그 말을 들은 순간에 눈이 살짝 커졌다가 빠르게 돌아갔다.

―그렇군요. 일단은 대화는 이걸로 끝내도록 하죠. 나중에 다시.

그 말을 끝으로 지부장은 자신의 앞에 놓인 음식을 먹기 시작했고, 제갈천은 계속해서 묵묵히 술을 마셨다.

둘 다 강성중에게 들키는 것은 원치 않았기에.

하지만 강성중은 그런 지부장의 행동에 더욱 수상함을 느꼈다.

오랜 경험에 이곳에 조력자가 있다는 걸 느꼈고, 그 조력자가 자신에 대해서 아는 듯했기에 그의 시선은 자연스럽게 제갈천을 향할 수밖에 없었다.

이곳에 있는 이들 중 그가 가장 자연스럽게 의심할 수 있는 사람은 제갈천뿐이었으니 당연한 결과이기도 했다.

'제갈천 네가 사고 치지 않길 바란다.'

자신과 제갈천의 신분 차이가 명백히 존재하는 이상 함부로 그를 매도할 수 없기에 강성중은 묵묵히 지켜볼 수밖에 없었다.

'하지만 네가 선을 넘었다고 판단되는 순간 내 손에는 자비는 없을 거다.'

강성중의 눈은 아주 차갑게 변해 있었다.

한편 밖에서 한없이 기다리던 지악천 역시 객잔을 빠져나오는 의외의 인물을 발견할 수 있었다.

'제갈천? 네가 거기서 왜 나오냐?'

지악천은 제갈천의 등장에 어리둥절할 수밖에 없었다.

제갈천의 등장은 지악천의 뇌리에 아주 작은 불씨로 남아 있던 불신을 크게 키우는 작용도 했지만, 의아함도 동시에 생겨났다.

'흐음…… 일단 강 형이랑 얘길 해봐야겠네.'

밖으로 빠져나와서 터덜터덜 걸어가는 제갈천을 의구심이 가득한 눈으로 바라봤지만, 당장은 얻을 것이 없기에 이내 시선을 돌렸다.

지악천이 기다리고 있는 강성중은 묘한 대치를 하는 중이었다.

'아까까지만 해도 나를 신경 쓰지 않더니 갑자기 주변의 시선이 따갑게 느껴지는군.'

주변의 시선이 따갑다는 것은 자신이 불청객이라는 것을 인지했다는 말과 다름이 없었다.

오래 있을 수 없다는 것을 느낀 그는 빠르게 자신의 앞에 놓인 음식들을 적당히 먹고서 자리에서 일어났다.

퉁, 데구루루. 투욱.

자리에서 일어난 강성중이 음식 값을 내기 위해서 전낭을 꺼내 뒤적거리는 척하다가 철전을 자연스럽게 바닥에 떨어뜨렸다.

강성중이 떨어뜨린 철전이 절묘하게 지부장의 발밑까지 굴러갔다.

철전을 줍기 위해서 지부장이 있는 곳까지 다가간 그가 능청스럽게 말했다.

"아이고, 미안합니다. 철전이 그쪽 발밑에 있는 거 같은데 주워주시겠소?"

"……."

강성중의 말에 지부장은 슬쩍 그를 노려보다가 허리

를 숙였다.

"여기 있소."

"고맙소."

지부장에게서 철전을 건네받은 강성중이 가벼운 미소와 묵례하자 지부장 역시 가볍게 끄덕여주며 자신의 앞에 있는 음식을 다시 먹기 시작했다.

건네받은 철전까지 합쳐서 점소이에게 값을 치른 강성중은 객잔 밖으로 지악천에게 전음을 날렸다.

—됐다. 한 시진 후에 보자.

그 전음을 끝으로 강성중이 느긋한 걸음걸이로 걸어나갔다.

계속해서 지켜보고 있던 지악천은 객잔에서 나온 2명이 강성중의 뒤를 따라 걷는 걸 볼 수 있었다.

—강 형. 둘 붙었어.

—상관없다. 이미 미행이 붙을 거라 예상했으니까. 그리고 놈에겐 추종향(追從香)을 묻혀놨으니 나중에라도 찾을 수 있다.

'추종향? 그게 뭔데?'

이미 멀어진 강성중에게 전음을 날릴 수도 없었기에 궁금증은 나중에 묻기로 한 지악천 역시 자리에서 벗어났다.

이후 지악천은 당당하게 걸어서 현청으로 들어간 후에 곧장 연무장으로 향했다.

남는 시간 동안 차진호나 봐줄 생각이었다.

투툭. 투툭.

연무장에 도착한 지악천은 바닥을 땀으로 적시고 있는 차진호를 보면서 물었다.

"너 물 뿌렸냐?"

한 시진 후 예의 그 장소에는 강성중이 먼저 와 있었다.

"왔구나."

"어, 그런데 말이야. 추종향이 뭐야?"

"뭐?"

"아니, 아까 말한 추종향이라고 했잖아. 그게 뭔데?"

"……."

계속해서 물어보는 지악천을 바라보던 강성중은 이내 그럴 수 있다고 생각했다.

지악천은 그런 것들을 쓰는 이들과 접점이 없었으니까.

"말 그대로 추종에 필요한 향이다. 일반적인 사향 같은 종류가 아닌 특수 처리한 무향에 가까운 향이지. 하지만 특별한 훈련을 받으면 그 냄새를 맡을 수 있고, 그걸 가지고 상대를 추적하는 거지. 말했듯이 특수처리된 거라, 서너 일 동안 씻어도 겨우 냄새가 사라지고 폭우가 아닌 이상은 냄새를 가릴 방법이 없다고 생각하면 된다. 지속 기간은 추종향마다 달라. 종류도 상당하고."

"그럼 강 형이 쓴 건?"

"이건 무림맹에서 만든 거고 대략 보름 동안 유지되는 거다. 그러니까 우리에게 남겨진 시간은 보름이라고 보면 돼."

"그렇군. 정말 별의별 게 다 있네."

"그리고 봤지?"

강성중의 물음에 그때 그곳에서 나왔던 제갈천을 떠올리며 고갤 끄덕였다.

"뭘? 아, 제갈천? 봤지."

"왠지 마음에 걸린단 말이지. 둘의 사이가 썩 좋지 않으니까."

"쓰읍, 그렇긴 한데 설마 그렇게까지 할까?"

지악천 역시 제갈천을 믿는 것은 아니었지만, 굳이 티를 낼 생각은 없었다.

하지만 지악천의 생각을 모르는 강성중으로선 답답한

모양이었다.

"이참에 제대로 말해줘야 할 것 같네. 정파라고 착하고 정의롭진 않아. 사마외도라고 해서 다 악한 놈들만 있는 게 아닌 것처럼."

"물론 알지. 힘깨나 쓰는 이들의 성향은 대체로 비슷하니까."

'그리고 내 가슴에 검을 꽂았던 미친놈이 정사마의 어느 쪽인지도 아직 정확하게 모르니까.'

"뭐, 그 말에 대해선 부정은 하지 않겠어. 결론은 다 믿지 말란 말이야, 전부 다 신용하지 마라. 언제나 너 자신을 믿어야 해."

너무나도 진지한 강성중의 말에 지악천이 하관을 쓰다듬으며 말했다.

"어째 하는 말이 꼭 경험담 같네."

"……맞아. 경험담."

"인생의 쓰디쓴 경험담이라 신용 되네. 근데 그 말도 궤변 아닌가?"

"맞아. 궤변일 수 있지. 그러니까 알아서 걸러 들으라고."

"아아. 아무튼, 됐고 제갈천이 의심스럽다. 이거 아니오."

"확실하지 않을 뿐이지만, 조심해서 나쁠 것도 없지."

"그렇긴 한데. 일단은 증거를 먼저 찾아야겠지. 그래야 수월하게 움직일 수 있으니까."

지악천 역시 그 말엔 동의하기에 고개를 끄덕였다.

"그러면 일단 넉넉잡아 보름이란 시간이 있으니 제갈천을 감시하고 나서 나중에 움직입시다."

* * *

방으로 돌아온 제갈천은 눈이 벌겋게 변해 있었다.

'하필이면 그자를 거기서 만날 줄이야.'

자신이 하는 행동이 옳은 것이 아니라는 것을 모르지 않기에 강성중을 그곳에서 마주하자 덜컥 겁이 났다.

아무도 모른다면 몰라도 강성중이 그곳에 왔다는 것에 크나큰 불안감을 느낄 수밖에 없었다.

'씨발, 씨발.'

한참을 자책하던 제갈천의 방문을 제갈위학이 열고 들어왔다.

"또 술 마셨다고 들었다."

"죄송합니다."

"그놈의 죄송하단 소리 지겹구나. 세가로 돌아가고 싶은 것이더냐?"

"……."

제갈천은 그런 말을 해도 세가에서 받아주지 않을 것이란 걸 모르지 않기에 입을 다물었다.

"그렇게도 그가 싫더냐? 아무리 싫다고 해도 세가에 큰 도움이 될 수 있는 사람이다. 그런 사람과 사이좋게 지내야지."

제갈위학의 말에도 제갈천의 입은 열리지 않았다.

"그래. 모두가 같은 생각을 할 순 없겠지. 하지만 사고를 칠 생각이라면 하지 마라."

제갈위학의 한숨 섞인 말에 제갈천은 입술을 깨물었다.

제갈천의 모습에 제갈위학은 더 말을 하려다가 이내 돌아섰다.

돌아선 제갈위학의 얼굴은 굳어 있었다.

'문제 일으키지 마라. 내 손으로 널 죽이고 싶진 않으니까.'

밖으로 나온 제갈위학을 강성중이 밑에서 바라보고 있었다.

제갈위학이 제갈천에게 갑작스럽게 찾아간 것도 강성

중이 전한 말 때문이기도 했으니까.

—일단 자리를 옮기시지요.

제갈위학의 말에 강성중이 알겠다는 듯이 고갤 끄덕였다.

흘깃.

자리에서 일어난 강성중이 밖으로 나가자, 제갈위학은 제갈천이 있는 방을 바라보다가 이내 다시 걸음을 옮겼다.

그렇게 자리를 옮긴 후 제갈위학은 강성중에게 다시금 자초지종을 물었다.

"녀석이 관계가 있을지도 모른다는 말이 진짜입니까."

"그 자리에서 우연히 본 거니."

"후, 물증은 없지만, 심증은 있다라……."

제갈위학은 강성중이 제갈천을 의심하고 있는 부분에 대해서 지적할 순 없었다.

제갈위학이 숙부인 제갈군을 만나서 강성중에 관해서 물었지만, 숙부는 그저 기밀이라고 말을 아꼈다.

하지만 그 강성중에 담긴 신뢰를 느낄 수 있었다.

'하긴, 신뢰하지 않는다면 애초에 그를 이곳에 보내질 않겠지만.'

"일단 알겠습니다. 어떻게…… 아니, 듣지 않겠습니다. 이미 말해주신 것만으로도 충분합니다. 그리고 만약에…… 녀석이 진짜 그런 일을 벌였다면 제 손으로 아니, 세가에 맡겨주시겠습니까?"

"음……."

제갈위학의 말에 강성중은 이미 할 답을 가지고 있었지만 일단 시간을 끌었다.

지악천이 제갈세가와 굳이 척을 지고 싶지 않기에.

"알겠습니다. 그렇게 전해두겠습니다. 하지만 선을 과도하게 넘는다면……."

강성중이 무슨 말을 하는지 모를 리가 없는 제갈위학이 고갤 끄덕였다.

"예. 그렇게 된다면 제 손에서 벗어난 것이니. 책임을 묻지 않겠습니다."

"알겠습니다."

강성중은 제갈위학이 진심으로 하는 말이라는 것을 알 수 있었다.

그의 눈은 이미 담담해져 있었기에.

＊　＊　＊

짤랑짤랑.

허리춤에 한 자루의 도를 찬 사내가 짤랑거리는 전낭이 허리춤에서 흔들리는 상태로 기분 좋은 표정으로 관도를 걷고 있었다.

'오래간만에 이렇게 큰 의뢰라니 기대되네.'

그는 자신의 허리춤에서 묵직하게 달려 있으면서 기분 좋은 소리를 내는 전낭을 내려다보고서 더 기분 좋은 표정으로 천천히 앞에 보이는 남악을 향해서 나아갔다.

'대충 듣긴 했는데 새롭긴 하네.'

그는 의뢰인에게서 남악의 상황에 어느 정도 듣긴 했지만, 그 말을 전부 믿지 않았다.

그는 자신의 눈으로 직접 봐야 믿는 사람이었다.

남악의 성문을 지키는 관졸들을 보면서 이제까지 그가 봐왔던 수많은 이들 중에서도 최고라고 생각할 정도였다.

실력이야 비등비등할지라도 임하는 태도만큼은 이제까지 봐왔던 관졸들과는 아주 달랐으니까.

그들을 본 후에야 의뢰인에게서 들었던 정보가 예상보다 신뢰할 만하다는 것을 인정했다.

'물론 어디까지나 신뢰를 할 정도지 완전히 믿을 순

없지. 일단 가보자고.'

그는 그렇게 짤랑거리는 소리로 주변의 시선을 끌어모으는 상황에도 아랑곳하지 않고 당당한 걸음걸이로 앞으로 걸어갔다.

그렇게 그는 남악의 곳곳을 돌아다니기 시작했다.

대놓고 무언가를 찾는 듯한 모습은 아니었지만, 그의 눈은 빠르게 이곳저곳을 훑어보고 있었다.

'찾았다.'

그가 찾던 것은 다름 아닌 사전에 의뢰인에게 전해 받은 표식이었다.

그 표식에 가까이 다가간 그가 손가락으로 슬쩍 그려진 표식을 지우고 다른 표식을 찾기 위해서 계속해서 움직였다.

그렇게 한참을 골목골목을 돌고 돌면서 표식을 따라서 움직이던 그가 도착한 곳은 예전에 지악천이 무너뜨렸던 홍등가의 한 건물이었다.

무너졌던 흔적은 이미 말끔하게 고쳤는지 외관만으로는 그 흔적을 찾기 힘들 정도였다.

'홍등가라…….'

자신이 어디에 왔는지 인지한 그는 자신에게 의뢰했던 이가 어디에 속한 이인지 대충 가늠할 수 있었다.

그리고 이번 의뢰가 의외로 들었던 것보다 쉽지 않을 것 같다는 느낌도 동시에 받았다.

표식이 그려진 건물 내부로 들어서기 무섭게 대낮임에도 주향(酒香) 강하게 느껴졌다.

하지만 그 주향과는 다르게 내부에서 느껴지는 인기척은 아주 적었다.

'흐음……'

내부를 둘러보던 그는 턱을 매만지며 자신을 안내해 줄 이를 기다렸다.

그리고 이내 점소이로 보이는 이가 그의 앞에 모습을 드러냈다.

"헤헤. 술? 기녀? 아니면 둘 다 준비해드릴까요?"

"됐고, 루주에게 이걸 전해라."

그는 품 안에 있는 밀봉된 서신을 꺼내 자신의 앞에 있는 점소이로 보이는 그에게 건네줬다.

"흐흐."

북북.

그는 사내에게 건네받은 서신의 밀봉된 부분을 일말의 고민도 없이 거침없이 그 자리에서 찢었다.

그 행동은 자신이 루주라는 걸 밝힌 셈이었다.

"당신이 루주였소?"

밀봉된 서신을 꺼내 읽는 루주에게 사내가 물었지만, 그렇다는 듯이 고개를 끄덕이며 서신에 집중했다.

"흐흐. 귀한 손님이셨네. 이쪽으로."

옅은 비웃음 같은 웃음을 머금은 루주가 위가 아닌 다른 곳으로 안내했다.

"술이라도 한잔하시면서 기다리시면 금방 윗분이 오실 겁니다."

비릿한 웃음이 가득한 얼굴로 말하는 루주의 말에 그는 손을 들며 말했다.

"일할 땐 술은 마시지 않으니까 됐고 차로 합시다."

그의 말에 루주의 입가에 있는 미소는 더욱 진해졌다.

"흐흐. 그렇게 합죠. 흐흐."

끝까지 웃음기를 잃지 않는 루주의 뒷모습에 그의 기분은 썩 좋지 않았다.

보통 저런 미소와 눈을 가진 이들 중에 정상인 이들은 거의 없었고 대부분이 아편(阿片)을 하는 이들이기 때문이었다.

'어지간하면 입에 대질 말아야겠군.'

약쟁이로 보이는 놈이 주는 걸 믿고 마실 순 없었다.

그렇게 자신의 앞에 놓인 김이 올라오는 찻잔에는 손대지 않고 기다리던 그의 앞에 루주가 말했던 이가 모습을 드러냈다.

그는 제갈천과 작당했던 흑연(黑煙)의 지부장이었다.

"많이 기다렸소이까?"

"이거…… 의외로군."

그는 자신의 앞에 앉은 이를 몇 차례 만나봤었다. 그리고 그의 정체까진 아니어도 그가 어디에 속한지 알고 있었다.

그런 그의 말에 지부장은 가벼운 미소를 지었다.

"너무 그렇게 보진 마시오. 내 전귀(全歸)의 힘이 필요해서 그런 것이니. 보수는 선급으로 넉넉하게 받았으니, 나 말고 그대의 신념대로 돈을 보고 움직이면 될 일이오."

"다시는 네놈을 볼 줄은 몰랐는데 말이야. 네 말대로 전귀의 돈을 일부나마 떼먹은 주제에 말이야."

점차 살벌하게 변하고 있는 전귀의 표정에 지부장이 빠르게 품에서 묵직한 전낭을 꺼내 들었다.

"내, 그럴 줄 알고 이렇게 준비해왔소. 그 돈에 더해서 내 성의를 더 했으니 거부하진 마시오."

툭.

말이 끝나기 무섭게 탁자의 중앙에 내려놓은 전낭에서 들려오는 소리가 심상치 않았다.

그리고 그 전낭을 본 전귀의 표정이 어느 정도 풀어지면서 자연스럽게 전낭에 손을 뻗었다.

"크흠, 네놈 때문에 그냥 넘어가는 게 아니다. 네 윗선 때문에 넘어가는 거지."

"이러면 어떻고 저러면 어떠하겠소. 그건 그렇고 슬슬 본론으로 넘어가도 되겠소이까. 전귀."

지부장이 건넨 전낭의 무게를 가늠하던 전귀는 알아서 하라는 듯이 고개를 주억거릴 뿐이었다.

"귀하가 해줘야 할 일은 상황에 따라서 달라지오. 물론 최상의 결과로 풀어진다면 아무것도 하지 않고 돈만 챙겨서 돌아갈 수도 있지만, 아니라면……."

"죽이라는 말이겠지."

자신의 말을 잘라먹는 전귀의 말에 지부장은 불쾌하다는 표정보다는 만족스럽다는 표정을 하고 있었다.

최소 전귀가 자신의 할 일을 제대로 이해하고 있었기에.

"그렇소이다. 다만 상대가 상당히 까다로울 것이오. 최소 절정에 닿은 관인이니까."

지부장의 말에 전귀의 미간이 일그러졌다.

"관인? 설마 현령을 죽여달…… 아니지, 무관도 아닌 문관이 절정이라는 것 자체가 말이 안 되니…… 그렇다면 포두?"

전귀의 말에 지부장이 담담하게 고개를 끄덕였다.

"맞소. 우리의 사업에 지장을 주고 있는 인물이니 그가 우리 쪽 방식으로 회유나 처리가 안 된다면 그때 전귀가 나서주면 되오."

"결과적으로 내가 움직이게 된다면 그를 죽이는 일밖에 없겠군."

"제대로 이해하셨구려."

전귀는 지부장의 말에 가당치도 않다는 듯이 콧방귀를 뀌었다.

"흥! 그딴 건 어린아이도 이해할 수 있는 말 아닌가."

전귀가 마치 자신을 무시하지 말라는 듯이 말하자 지부장은 진정하라는 듯이 가벼운 손짓과 동시에 말했다.

"자자, 진정하시오. 내 어찌 전귀를 무시하겠소. 그리고 그를 처리하면서 흔적을 남겨도 좋지만, 아주 멀리 도망가셔야 할 거요."

"그거야 당연하지. 아무리 한낱 포두라고 해도 관인에게 칼을 들이댔는데 여기에 눌러앉을까. 그리고 너희가 뒷공작으로 나에 대한 정보를 흘린다면 나도 가만있지 않을 거다. 난 너희를 믿지 않으니까."

전귀는 자신 있는 투로 말을 하면서도 지부장에게 경

고하는 것을 잊지 않았다.

전귀가 활동하는 곳에서 토사구팽은 아주 흔하게 벌어지는 일이었다.

'하지만 절정이라는 포두 하나 때문이라고 하지만 비용이……'

그렇게 말하는 중에 전귀는 이상함을 느꼈다.

절정 무인 하나를 잡는 일도 이렇게 큰 비용을 선급으로 내걸지 않기에 의문을 갖지 않을 수 없었다.

'의뢰인이 흑연인 이상 모든 것을 의심해야겠지.'

"그런데 말이야. 의뢰야 이미 선급을 받았으니 당연히 하겠지만, 어째서 고작 포두 하나에 이만한 비용을 충당하는 거지? 설마 다른 무언가가 있나? 혹시나 말이지만, 미끼가 되는 쪽은 사절이다. 처음부터 주어진 의뢰 이상의 일은 사절이란 말이다."

그에게 주어진 의뢰는 요인을 죽여 달라는 의뢰였지 미끼가 되어달란 의뢰가 아니었기에 하는 말이었다.

"놈은 제갈세가와 무림맹이 관심을 가지는 놈이오."

"뭐어!?"

지부장의 말에 깜짝 놀란 전귀가 자리에서 일어났다.

"워워! 진정하시오. 어차피 일을 벌일 때면 그들의 시선은 우리가 끌고 있을 테니까. 전귀는 놈을 죽이면 되오."

"……하지만 그게 당신 뜻대로 되지 않는다면?"

말을 하는 전귀의 눈에는 명백한 분노가 담겨 있었다.

하지만 지부장은 그런 그의 분노를 정면으로 받아내면서도 담담하게 말을 이어갔다.

"잘 될 것이오. 이미 사전 준비를 해둔 상태이기도 하니, 최악은 아예 일이 실패하는 거고 차악의 상황만 이뤄져도 놈과 둘이서만 마주할 수 있을 것이오. 이번 일에 전귀. 당신을 여기까지 불러온 것만 봐도 모르겠소? 우리가 손해 보면서 일을 할 것 같으시오?"

"그 말. 꼭 기억하지. 만약 일이 틀어진다면 모든 일의 책임을 너에게 돌릴 테니까."

전귀의 엄포에도 지부장은 미소를 지을 뿐이었다.

지부장은 이제 모든 장기 말이 자신의 손바닥 위에 올라왔다고 자부했다.

이미 지악천과 강성중이 자신들의 뒤를 밟고 있다는 사실조차 모르면서 말이다.

* * *

이튿날 지악천은 전날 저녁에 강성중에게서 제갈위학이 결정한 사항에 대해서 전달받고서 마음 편하게 생각했다.

 이미 강성중이 제갈천의 동태를 살피기로 했고 자신은 감각을 날카롭게 다듬으면서 최대한 평상시처럼 행동했다.

 이미 앞서 암상을 상대로도 그러했기에 그의 행동은 극히 자연스러웠다.

 다만 평소와는 한 가지가 달랐다.

 평소 다니던 순찰로가 아닌 다른 길로 향한 것이었다.

 평상시라면 저잣거리를 통해서 외곽을 위주로 돌았다면 이번에는 외곽이 아닌 내부로 돌고 있었다.

 마치 자신을 노리는 이들에게 기회를 주는 것처럼 비추게 말이다.

 '넉넉잡고 보름. 과연 그 안에 움직일까?'

 살짝 회의감이 없진 않았지만, 이렇게 돌발 변수를 만들면 만들수록 그들의 선택을 앞당기게 될 것은 분명하다고 생각했다.

 아예 손을 놓든가, 더욱더 달려들든가.

池樂天

지악천

第 二十九 章 ─ 낭인 전귀

　지악천은 여전히 순찰 중이었고 강성중은 나름대로 지악천의 인근에서 움직이고 있었다.

　—이놈들은 언제 시작할까?

　—기다림에 지치지 마. 언제나처럼 그냥 하던 일을 계속하면서 그들에 대해서 잊지 않는 게 가장 중요해. 기다림에 지쳐서 먼저 움직이면 그것이야말로 그들이 가장 원하는 것일 수도 있으니까.

　—아니, 알긴 아는데…… 심심하니까.

　지악천에겐 흑연은 정말 심심풀이 정도로밖에 느껴지

지 않았다.

반면 강성중은 신중했다.

신중함은 그의 강점이었으니까.

─조급한 쪽은 이길 수 없는 법이야. 아주 특별한 경우를 제외하면.

─특별한?

─어. 아주 강한 사람. 때에 따라선 압도적인 힘 앞에서는 계략과 책략을 무력화되기도 하니까. 그의 손짓하나로 책략이 무너지고, 그의 행동 하나로 계략이 흐트러지고 박살내 버리는 경우가 있거든. 무림은.

─그 말은 나로선 강 형의 기준에는 한참이나 모자란다는 말이나 다름없네?

─그게 현실이야. 네가 무림의 우내삼성(宇內三聖)까지는 아니라도 최소 천하십오절과 비슷한 수준이면 얘기가 다르겠지. 하지만 아니잖아. 그러니 최대한 신중하게 접근하는 게 최선이야.

단호한 강성중의 말에 지악천은 딱히 반박할 말이 없었다.

강성중의 말대로 지악천이 우내삼성이나 천하십오절의 수준은 아니었으니까.

─아니, 뭐…… 알겠다고. 너무하네. 그런 이들과 비

교해버리면 대꾸할 말도 없네.

─……말이 좀 심했다면 미안하다.

─아니, 괜찮아. 강 형의 말 덕분에 우쭐한 마음이 없진 않았는데 다시 마음 다잡을 수 있었으니까.

─……그래.

─아무튼, 오늘은 예전 홍등가 자리로 순찰할 생각이니까. 잘 부탁해.

─알겠다.

그 말을 끝으로 지악천이 속도를 내서 걷기 시작했다.

그리고 강성중은 지악천보다 앞서 움직이며 주변을 훑어가기 시작했다.

아니나 다를까 그런 지악천의 뒤를 밟는 이들이 있었다.

물론 그들이 지악천의 뒤를 따라다닌 사실은 이미 지악천이나 강성중은 알고 있었다.

따라붙은 이들이 있다는 것부터 그들의 위치까지 진즉부터 인지하고 있었다.

다만, 따로 뭔가 하지 않고 있기에 그냥 내버려 두고 있었다.

또한 강성중의 존재를 모르고 있는 것도 그 이유 중 하나였다.

'응?'

홍등가로 가던 지악천은 고개를 갸웃거렸다.

칠성방, 매동방, 창골방이 무너진 이후로 쭉 홍등가는 개점휴업 상태였는데 수많은 사람의 기척을 느낄 수 있었다.

'누가 여길 다시……?'

남악을 주름잡던 세 곳이 무너진 후 홍등가를 관리할 사람이 없어서 방치된 후에 지악천도 관심을 끊었다.

그런데 지금 지악천의 앞에 보이는 홍등가의 모습은 그때와는 완전히 달라져 있었다.

홍등가가 새롭게 단장했다는 소식이 이미 아름아름 퍼졌는지, 꽤 많은 이들이 홍등가에 상주하고 있었다.

'미쳤네. 그 짧다면 짧은 사이에 이렇게나 복구했다고?'

반년 남짓한 사이에 이 정도로 바뀔 줄은 생각지도 못했던 상황이었다.

홍등가의 중심부로 들어온 지악천은 아직 대낮인데도 꽤나 많은 이들이 홍등가에 들락거리는 모습에 크게 신경 쓰지 않았다.

'풀 곳이 있어야지.'

지악천은 홍등가가 마냥 나쁘다곤 생각지 않았다.

풀 곳이 없으면 사고가 나기 마련이니까.

그나마 최근에 나름대로 흉흉한 일이 몇 번 생겨서 그나마 조용했지만, 언제 터져도 이상하지 않기도 했다.

홍등가 중심부를 지나가는 지악천과 마주친 이들이 실실 웃다가 지악천을 알아봤는지 다들 고갤 숙이기 급급했다.

개중에는 혼인한 이들도 적잖이 있었다.

'내가 댁들 인생을 책임지는 것도 아닌데 나완 상관없지.'

그런 그들의 시선을 느끼며 지악천은 홍등가에서 가장 규모가 큰 주루로 향했다.

"와…… 미쳤네."

지악천의 앞에 있는 주루는 그가 예전에 반쯤 무너뜨렸던 칠성방의 주루가 있던 자리였다.

그런데 지금 지악천이 망가뜨렸던 주루는 멀쩡한 모습이었고, 오히려 확장까지 했는지 규모는 더 커진 상태였다.

황금루(黃笒樓).

입구에 달린 현판에 걸맞게 외관을 황금으로 칠하진 않았지만, 새로 단장한 지 얼마 되지 않은 탓인지 반짝반짝하긴 했다.

황금루 앞에 선 지악천은 고개를 살짝 갸웃거렸다.

'흐음…… 숨어 있는 놈들이 꽤 많네?'

지악천의 날카로운 기감 속에서 그들은 자신들의 기척을 지우려고 애썼지만 그와의 차이를 생각한다면 그건 불가능했다.

물론 그들 중에서 강성중 같은 수준의 은신술을 익혔다면 얘기가 다르겠지만, 그런 이들은 황금루 내부엔 없어 보였다.

그렇게 지악천이 주루 앞에서 떡하니 서 있자 화려한 옷을 입은 이가 양손을 비비며 지악천의 앞에 나타났다.

그는 전귀와 만났던 루주였다.

"헤헤. 지악천 포두께서 여긴 어인 일로……?"

지악천은 자신의 앞에 웃는 낯으로 묻는 그의 눈을 바라봤다.

'이 새끼…… 약쟁이로군.'

약간 흐리멍덩한 그의 눈은 양귀비를 정제한 아편을 섭취한 이들의 특징 중 하나였기에 지악천이 모를 수가 없었다.

10년간의 기억에는 많은 경험이 담겨 있었으니까.

하지만 그렇다고 그를 잡을 순 없었다.

약쟁이를 잡아서 처벌하려면 아편을 피우는 순간 잡아야 했다.

단순히 아편을 가지고 있다고 해서 처벌할 순 없다는 뜻이었다.

아편 자체가 치료제로도 쓰이기 때문이었다.

"흠…… 그냥 한 번 순찰하면서 와봤다. 그런데 언제 이렇게 새로 단장했지?"

"헤헤. 한 달도 안 됐습니다."

"그래? 그런데 네가 루주인가?"

"헤헤. 예. 제대로 보셨습니다."

끊임없이 웃는 루주의 모습에 지악천의 입가가 살짝 씰룩였다.

묘하게 기분을 거슬리게 하는 웃음이었다.

마치 계속해서 지악천은 안으로 끌고 가려는 듯한 느낌을 줬다.

그 느낌대로 걸려줄까 했는데 강성중의 전음이 귓가에 울렸다.

—굳이 들어갈 생각이라면 그러지 말고 나와. 내가 나중에 좀 조사해볼 테니까.

"흥, 누군가를 핍박한다는 말만 들려와도 문 닫게 할 거니까 조용하게 지내라."

"헤헤. 아무렴요. 절대 흐흐, 그럴 일 없게 하겠습니다."

루주의 말을 듣고 지악천이 그대로 돌아서자 안에 숨죽이던 이들의 기척들이 움직이기 시작했다.

계속해서 지악천과 루주의 대화에 집중하고 있던 모양이었다.

"아! 나중에 포두님께서 오시면 술값은 제가 내겠습니다!"

그의 말은 일반적인 루주들이라면 항상 하는 말이었지만, 지악천의 귀에는 다음 기회를 노리겠다는 말로 들릴 뿐이었다.

그렇게 지악천이 황금루에 다녀갔다는 사실은 흑연의 지부장의 귀에 빠르게 닿았다.

톡. 톡. 톡.

오른손으로는 턱을 괴고 왼손 검지로는 탁자를 두드리며 지부장은 생각에 빠졌다.

지악천이 그동안 홍등가 주변으로 오랫동안 순찰하지 않았다는 것은 이미 그동안의 조사로 명백했다.

그로 인해 지악천이 의식적으로든 무의식적으로든 홍등가에 신경을 쓰지 않는다고 판단했기에 먼저 거의 무너졌던 홍등가를 바로 세웠던 것이다.

물론 홍등가로 들락거리는 사람이 없었기에 빠르게 주변을 매입하고 새롭게 단장할 수도 있었다.

그런데 갑자기 지악천이 홍등가에 들렀다고 하니 순간 등줄기가 짜릿했다.

'경우의 수가 너무 많아. 소문을 들었을 수도 있고 보고를 받았을 수도 있다. 물론 최악은 그가 우리에 대해서 알고 있다는 부분인데 과연 그럴 수 있을까? 제갈천의 말에 따르면 우리 흑연이나 하오문을 비롯한 무림에 대해서 무지한이라고 했었으니까. 설마 돈에 큰 관심이 없다고 했는데 설마……?'

지부장은 지악천이 그들에게 일종의 세를 받으려고 한다고까지 착각했다.

하지만 그 착각이 가장 확률이 높다고 확신했다.

그가 겪어왔던 일반적인 관인들의 평가가 그러했으니까.

관인들의 가장 큰 힘은 무력(武力)이 아닌 금력(金力)이었으니까.

"가서 전해라. 상자 몇 개 준비해두라고, 만약 그쪽에서 원한다면 언제라도 꺼내줘야 하니까. 그리고 제갈천은 지금 어디 있지?"

지부장의 물음에 뒤에 있던 이들 중 하나가 다가와서 그에게 속삭였다.

"그래? 놈도 최대한 자신이 하던 걸 계속해서 유지하는 꼴을 보아하니 아직 속내를 버리진 못한 모양이군. 제갈천에게 간다. 준비해."

그의 말이 끝나기 무섭게 뒤에 이들이 빠르게 먼저 움직였고, 이내 지부장 역시 밖으로 향했다.

제갈천이 술을 퍼마시고 있는 곳으로.

* * *

그릉, 그릉.

객잔의 위층에 자리 잡은 지악천이 자신의 옆자리에 올라앉은 백촉의 등허리를 쓰다듬자, 기분 좋다는 듯이 소리를 냈다.

그리고 지악천의 앞에는 강성중이 앉아 있었다.

"그래서 어떻게 할 거야?"

"뭐, 별거 없지. 그곳이 어떻게 세워졌는지에 대한 자금을 추적할 필요까진 없겠지. 남악에 홍등가에 세울 수 있는 재력과 인력을 동원할 수 있는 곳은 많지 않으니까."

"그 말은 그쪽이라는 말이네."

"그렇지. 너무 뻔하니까. 좀 더 기다려보자고. 그쪽이 급하면 움직이게 돼 있으니까."

강성중의 말에 지악천이 아쉽다는 듯이 입맛을 다셨다.

"쩝, 정말 아쉬워서 그렇지. 거기 살짝 건들기만 해도 흔들리기 좋아 보이던데. 주루라는 놈도 약쟁이고."

"약쟁이? 아편?"

"어. 그런 애들 눈은 보통 흐리멍덩하거든."

지악천의 말에 강성중은 알겠다는 듯이 고갤 끄덕였다.

무인 중 간혹 아편에 빠져 사는 이들도 아주 소수긴 하지만 있긴 했다.

"희한하긴 하네. 주루라는 이가 아편을 할 정도라니. 하오문이나 흑연치고는 이상한데? 무공을 익힌 놈이야?"

"음…… 익힌 것 같긴 했는데. 뭐, 그다지?"

약쟁이인 황금루 루주를 떠올린 지악천은 고갤 흔들었다.

"그래? 제갈위학에게 말해서 천룡대 애들 좀 움직여달라고 해야겠네."

"근데 이미 걔들이 천룡대 사람들 얼굴 다 알지 않을까?"

"뭐, 천룡대라고 술도 못 먹을 것도 아니고 제갈위학이 가라면 가는 거지."

"그런가? 아무튼, 강 형의 생각대로 해보자고. 어차피 내가 움직이는 건 언제라도 할 수 있는 거니까."

"그래. 아무튼 평소대로 움직이고. 그건 그렇고 차 포두의 성과는 어때?"

"무슨 성과?"

"봉황등천식(鳳凰騰天式)."

"아아. 글쎄? 잘하고 있는 거 같긴 한데 조금 막혀 보이기도 하더라고. 근데 이 부분은 강 형도 알잖아. 스스로 체득해야 한다는 걸."

"음. 그 말도 틀리진 않지. 나도 일부분은 동의해. 하지만 꼭 스스로 체득하지 못해도 누군가의 도움으로 더 빨리 체득할 수도 있으니까."

무공 수련 쪽으로는 무지한 지악천은 강성중의 의견을 존중하는 게 최고였다.

"그래? 알았어. 어차피 대외적으로 할 일도 없으니까 녀석이나 들들 볶아야지."

차진호를 떠올리며 미소 짓는 지악천의 모습에 강성

중은 속으로 고갤 흔들면서 차진호의 명복을 빌었다.

'차 포두. 미안하오. 내가 괜한 말을 한 것 같소이다.'

제대로 대면조차도 하지 않았던 차진호에게 강성중은 미안함을 느꼈다.

부우웅!

차진호는 자신의 신장보다 조금 더 긴 봉을 가볍게 빠르게 휘둘렀다.

빠르게 봉황등천식의 다음 동작으로 이어가는 모습은 확실히 예전보다 훨씬 좋아졌다고 할 수 있었다.

"후……."

하지만 숨을 고르는 차진호의 얼굴은 그리 썩 좋다고 할 순 없었다.

기본적으로 봉황등천식의 한계가 명백하다고 느낀 탓이었다.

내공을 이용하는 무공과 신체가 가진 힘을 이용하는 외공의 차이가 큰 탓이기도 했지만, 가장 큰 이유는 지악천과 좁힐 수 없는 차이 때문이었다.

물론 차진호가 봉황등천식을 대성했을 때를 가정한다면 어지간한 절정고수도 찜쪄먹을 수 있는 수준의 무공임은 틀림없었다.

다만 그것은 어디까지나 말 그대로 대성했을 때의 얘기일 뿐이었다.

'아직도 한참이나 멀었어. 한참이나.'

차진호는 자신이 어느 정도 성과를 냈는지조차 가늠하지 못하고 있었다.

내공을 사용할 수 있는 무공은 단계별로 검기를 쓴다든가 검사를 쓴다든가 여러 가지로 나눌 수 있지만, 외공은 뚜렷한 변화를 직접 느끼기 힘든 탓이었다.

물론 봉황등천식을 쓰는데 꽤나 익숙해졌고 연계 역시 이전보다 확실하게 자연스러워졌지만 자신감은 좀처럼 느끼기 힘들었다.

사실 이 모든 상황은 지악천의 무지함 때문이기도 했다.

그냥 여유시간만 생기면 정말 단순하게 수련만 시키는 탓에 자신의 무위에 대해서 전혀 체감하지 못하고 있었다.

휘리리릭!

유려하게 봉을 움직이는 차진호의 모습은 흡사 물아일체(物我一體) 그 자체였다.

지악천의 닦달 아닌 닦달에 차진호는 봉을 정말 자유자재로 움직일 수 있는 수준까지 올라와 있었다.

물론 타고난 차진호의 무재(武才)가 가장 큰 역할을
했다.

타앙!

몸을 띄우며 한 바퀴 돌며 바닥을 찍은 차진호의 봉이
쉴 틈 없이 재차 빠르게 움직이며 가상의 상대를 향해
서 봉을 움직였다.

그때 강성중과 헤어진 지악천이 차진호가 있는 연무
장에 모습을 드러냈다.

그의 손에는 봉이 들려 있었다.

그렇게 한참을 차진호가 움직이는 걸 본 지악천은 미
소를 지었다.

그리고 그의 움직임이 멈췄을 때 말을 걸었다.

"끝났냐?"

"후, 후우…… 오셨습니까."

"어. 그리고 일단 좀 더 쉬고 나면 오랜만에 대련이나
하자. 그리고 쉬어야 하니까 나와 봐. 간만에 봉 좀 써
보게."

지악천의 말에 숨을 고르고 있던 차진호가 터덜터덜
밖으로 물러났다.

그리고 빈 연무장에 지악천이 올라섰다.

빙그르르.

오른손에 쥐고 있던 봉을 가볍게 돌리면서 무게감과 중심을 단박에 찾아낸 지악천이 천천히 봉을 움직이기 시작했다.

훅! 부웅! 후웅! 탕!

가볍게 찌르기부터 우에서 좌로 그리고 위로 올린 후 내려찍기까지, 기초적인 동작인데도 지악천이 하는 동작 하나하나에 담긴 움직임은 가볍게 보이지 않았다.

그도 그럴 것이 초절정에 이른 정신과 환골탈태한 육신에서 이뤄지는 조화로 어떤 무기술이든 단기간에 익히는 게 가능했다.

그 뒤로도 계속해서 봉을 여러 동작으로 움직이는 모습은 차진호에게도 많은 도움이 됐다.

숨을 고르는 순간에도 지악천의 동작 하나하나를 곱씹으며 두 눈에 새겨 넣었다.

지금 지악천의 손에서 움직이는 봉의 움직임은 무형천류(無形天流)에서 빌려온 것이었다.

무형천류처럼 자유스러움을 가지진 못했지만, 그 움직임만으로도 그걸 지켜보는 차진호에겐 새로운 경험이었다.

지악천에게선 차진호가 생각해보지 못했던 움직임들이 계속해서 터져 나오고 있었다.

하지만 지악천은 가능하지만 차진호는 당장은 불가능한 자세들도 꽤나 많았다.

환골탈태로 인해 다부지면서도 유연한 신체를 십분 활용한 동작들이 꽤나 많았다.

당장 그런 유연함을 차진호가 가질 순 없기에 그저 꿈에 불과했다.

그렇게 한동안 봉을 휘두르던 지악천이 멈춰 섰다.

하지만 지악천은 전혀 지친 기색을 찾아볼 수 없었다.

"충분히 쉬었지?"

"……."

지악천의 말에 차진호는 대꾸 없이 가만히 멍한 모습으로 서 있었다.

지악천의 동작을 계속 머릿속에서 자신을 대입해서 움직이고 있는 모양이었다.

'쩝…….'

깨달음이든 뭐든 저런 상태의 차진호를 방해하기 싫었던 지악천은 그대로 조용하게 자리에 앉았다.

그렇게 지악천이 봉을 휘두르던 시간만큼이 흐른 뒤에서야 닫혀 있던 차진호의 입이 열렸다.

"아……."

차진호의 입에서 나온 목소리는 아쉬움이 가득 담겨

있었다.

"정신 차렸냐? 준비할 시간이 필요해? 아니면 바로 할래?"

지악천의 물음에 차진호가 봉을 잡은 자신의 손에 힘을 줬다.

그날 저녁은 정기 보고를 하는 날이기에 차진호를 제외한 셋이 모였다.

포두인 차진호가 보이지 않기에 현령이 물었다.

"차 포두는?"

"아, 간단하게 대련하는 과정에서 피로가 쌓였는지 기절했습니다. 내일이면 멀쩡해질 겁니다. 걱정하지 않으셔도 됩니다."

지악천의 말에 현령은 그의 담담한 표정을 보고서 고갤 끄덕였다.

"음…… 알겠네. 그러면 정기 보고 하게."

현령의 말에 지악천은 한 달 동안 발생한 범죄에 관해서 설명했다.

그리고 현령은 그의 말을 들으면서 서책을 펼쳐서 보기 시작했다.

"알겠네. 확실히 작년과 비교한다면 상당히 줄어들

었군."

현령의 말에 무 현승이 동의한다는 듯이 빠르게 살을 덧붙였다.

"예. 남악에서 힘깨나 쓴다는 이들이 대부분 죽거나 사라진 영향이 큰 모양입니다."

"하긴, 그들을 처리하는 과정에 지 포두가 아주 큰일을 했지. 아, 그리고 아까 낮에 제형안찰사사와 승선포정사사에서 서찰이 왔는데 제형안찰사사에서 온 건 자네에게 왔더군. 나중에 읽어보게나. 그리고 장사에선 이번 일을 그냥 묻을 생각이라고 하더군. 우 포정사께선 영주에 새로운 현령을 임명하신다고 내용이고, 소문으로는 도지휘사사에서 적극적으로 이번 일을 조용하게 마무리하고자 한다더군. 높으신 분들께서 말이지. 물론 이런 말을 하는 나도 내 목숨이 아깝지 않다는 말은 아니지만, 뭔가 씁쓸하긴 하더군. 일개 상인들이라는 놈들이 그런 힘을 가지고 있다는 게."

현령의 말에 무 현승은 똥 씹은 듯한 표정이었다.

무 현승은 장사에 가서 겪었던 그 차가운 냉대들을 생각하면 지금도 이가 갈릴 듯했다.

그런 무 현승의 표정을 본 지악천이 살짝 씁쓸한 표정을 지었다.

지악천이 생각해도 상당히 실망적인 태도였으니까 말이다.

만약 지악천이 이런 기연을 얻지 못했고 제갈세가 아니, 무림맹의 군사인 제갈군과 안면을 트지 않았다면, 진작 송장이 돼서 땅에 파묻혔을 테니까.

"크흠, 아무튼 자네도 이미 위에서 덮어버린 일이니 괘념치 말게나."

"예. 알겠습니다."

'다음에 걸리기만 해봐. 가만 안 둔다.'

지악천의 말과 생각은 정반대였다.

"아. 현령님. 혹시 홍등가에 있는 주루들을 언제 매각하셨습니까?"

지악천의 말에 궁금한 표정이 담긴 채로 현령이 답했다.

"홍등가? 아! 그건 좀 됐을 것이네. 자네가 모르는 것을 보니, 아마도 자네가 자릴 비웠을 때 팔았겠지. 그런데 그건 왜 묻는가?"

"아닙니다. 신경 안 쓴 사이에 새롭게 단장을 해서 물어본 겁니다."

"그렇군. 알겠네. 그만 돌아가 일 보게나."

"예. 그럼, 먼저 가보겠습니다."

그렇게 지악천이 먼저 자리를 떠난 후 무 현승이 현령을 바라보며 말했다.

"그건 그렇고 이번 일로 지 포두가 실망하는 거 아닙니까?"

"아니, 그러진 않을 걸세. 대부분 지 포두가 예상했던 대로니까."

현령의 말에 무 현승이 고갤 끄덕였다.

무 현승은 처음 이곳으로 왔을 땐 지악천이 마음에 들지 않았다.

하지만 그가 이뤄낸 성과가 대단한데다 이번에 암상과의 일전으로 인해서 그를 신뢰하게 됐다.

"그렇군요. 그렇다면 현령님께서도 일단 위에서 내려온 지시대로 따를 생각이시군요."

"음, 쩝. 아쉽지만, 어쩔 수 없지 않겠나. 우리가 할 수 있는 일은 없으니. 자네도 서운하겠지만, 어지간하면 잊게나."

"알겠습니다."

한편 집무실로 돌아온 지악천은 제형안찰사사에서 왔다는 서찰을 펼쳐 읽었다.

거기에는 이번 일에 관한 결과와 부도종과 동행한 동수보에 관한 얘기가 적혀 있었다.

결과는 앞서 현령이 얘기한 것과 같았고 동수보는 제형안찰사사에서 지내는 것으로 결정이 된 모양이었다.

'흠, 잘됐네.'

서찰을 갈무리한 지악천은 자리에서 일어나 차진호가 있는 방으로 향했다.

혹시나 해서 확인차 가는 것이었다.

'확실히 달라졌지.'

지악천은 차진호와의 대련을 떠올리며 가는 동안에도 고갤 끄덕였다.

그만큼 차진호의 기교는 상당히 달라져 있었다.

이전처럼 딱딱하고 직선적인 느낌이 아닌 유연하면서도 변화에 능숙해져 있었다.

정말 더 발전한다면 어쭙잖은 수준의 무인들 정도는 차진호가 이길 수 있을 것 같았다.

'물론 더 많은 경험이 필요하긴 하겠지만 말이야.'

지악천은 의식하지 못했지만, 당시에 보여줬던 차진호의 기교는 대부분이 그가 보여준 모습의 흉내에 불과했다.

하지만 지악천은 그저 차진호의 발전이 기분 좋을 뿐이었다.

'벌써 일어났군.'

차진호가 있는 방에 도착하기 전부터 지악천은 그가 깨어났다는 걸 인지했다.

그대로 방문을 열고 들어간 지악천이 말했다.

"깼냐? 만족스럽냐?"

지악천의 물음에 차진호가 고갤 흔들었다.

만족스러울 리가 없었다.

지악천의 봉에 별다른 반격하지도 못한 상황이니 만족할 수 있겠는가.

으득.

분했다.

머릿속으로는 지악천과 자신의 차이를 이해하고 있지만, 심적으로는 그걸 인정하고 싶지 않았다.

"내 실력이 나아지고 있긴 한 거요?"

"당연하지. 나아지는 것은 물론이고 달라졌어. 확실하게."

"정말이요?"

"그래. 달라지지 않았다면 내가 그런 말을 하겠냐? 확실히 예전의 그 딱딱하고 직선적인 움직임이 아니더라."

지악천의 말에 차진호의 시무룩한 표정이 살짝 풀어지는가 싶었지만, 이내 다시 돌아왔다.

"정말…… 그래도 아직도 멀었죠?"

그의 표정을 본 지악천은 살짝 다독여줄까 했지만, 이내 솔직하게 말했다.

"그야…… 아니다. 아니야. 그렇게 말할 게 아니긴 하지. 냉정하게 따지자면 아직은 내 기준에는 한없이 부족한 건 맞아. 하지만 네가 아직 봉황등천식을 완벽하게 익힌 건 아니잖아? 그러니까 좀 더 멀리 보자. 네가 봉황등천식을 시작한 지 얼마나 됐다고 그래? 그 정도 수련했다고 강해지면 이 세상에 고수 아닌 사람이 있겠어? 알겠지? 멀리. 멀리 보자."

지악천의 말에 차진호의 표정이 풀어졌다.

"후……."

차진호의 한숨은 체념의 한숨은 아니었다.

그나마 지악천의 말에 제대로 깨달았다.

정말 수십 년을 수련하고도 고수에 반열에 오르지 못한 사람이 태반이라는 사실을 진정으로 깨달았기 때문이다.

그리고 오히려 지악천이 이상한 경우라는 것 역시 깨달았다.

"확실히 제가 정상이긴 하겠죠. 오히려 형님이 이상하다면 이상한 거겠죠."

"뭐? 하하하!"

지악천은 차진호가 자신을 형님이라고 부르는 걸 보고 그가 마음을 다잡았다는 걸 느꼈다.

"근데 정말 봉황등천식이 좋은 무공이긴 한가보다. 네가 그 정도로 바뀐 걸 보니."

지악천의 말이 빈말이 아니라는 걸 인지한 차진호의 표정이 더 좋아졌다.

"설마 내가 쓸데없는 걸 권했겠어?"

'물론 처음엔 그렇게 생각하기도 했지만.'

애초에 지악천은 누군가를 파악할 수는 있어도 무공의 고하를 읽는 눈 자체가 아주 형편없었으니까.

다음 날 정오에 객잔의 난간에 팔을 걸친 지악천이 늘어지게 하품했다.

"하아아암."

"미아아앙."

지악천의 하품하는 모습을 보고 백촉도 입을 크게 벌리며 따라 했다.

그런 둘의 모습을 맞은편에서 보고 있던 강성중은 어이없는 표정을 했다.

"어째 점점 닮아가는 거 같다."

"응?"

늘어지게 하품을 하던 지악천이 강성중의 말에 그를 봤지만, 별거 아니라는 듯이 고갤 흔들 뿐이었다.

"근데 왜? 피곤해? 어지간해서 하루 이틀 안 잔다고 해도 피곤함을 느낄 수준이 아니지 않나?"

"아아. 어제 강 형의 말대로 녀석의 상태를 확인할 겸 사겸사 대련했다가 불붙어서 밤새 봉을 휘둘렀다고, 육체적인 피로보다 정신적인 피로감이 심하다고."

"그래? 성과는 좀 있었나?"

"뭐, 좋아졌다면 좋아졌지. 근데 이왕이면 강 형이 한 번 보는 게 어때? 내가 딱 집어서 가늠하기도 그렇고 이건 이렇다 저렇다 하기가 좀 모호해서 말이지."

지악천의 말에 살짝 갸웃거렸던 강성중은 이내 이해했다.

지금까지 지악천이 보여준 모습을 생각하면 그럴듯했다.

"그래. 나중에 기회가 된다면 그때 그렇게 하지. 그리고 제갈위학과는 얘긴 끝냈다. 해주겠단다."

"그래? 잘됐네. 그건 그렇고 강 형에겐 재들 안 붙나 봐? 나랑 매일 밥 같이 먹는데."

지악천은 머리를 살짝 기울이며 자신을 따라다니는

이들을 가리켰다.

"처음엔 따라붙긴 했는데 제갈세가가 전세 놓은 객잔으로 들어가니 더 쫓질 않더라고 날 제갈세가 사람으로 아나 보지."

"와, 편하겠네. 거치적거리는 애들도 없고 말이야."

정말 부럽다는 감정이 물씬 묻어나는 말에 강성중이 가볍게 미소를 지었다.

"아무리 그래도 바쁘게 돌아다니니까 나도 마냥 편한 건 아니야."

"알지. 아는데 이해하는데 그래도 부럽네. 그냥 막 부럽네."

"실없는 말 하지 말고 슬슬 움직여야겠다."

"그러게. 오늘은 사냥도 좀 시켜야 하니 밖으로 좀 돌아야겠어."

"멀리까지 가겠네?"

"뭐…… 날 추우니 그럴 수밖에 없겠지. 그래도 오래간만에 바람도 좀 쐬고 그래야지."

같은 시각 제갈천은 어제 지부장을 만나려고 했지만, 갑작스러운 천룡대원들의 등장에 물려야 했다.

그랬기에 이렇게 대낮부터 정해진 장소로 나와서 한

가롭게 술을 퍼마시는 중이었다.

'빌어먹을 이러나저러나 귀찮아. 이 새끼들은 도대체 언제…….'

조용하던 객잔이 북적거리기 시작했다. 그리고 제갈천의 귓가에 전음이 울렸다.

─늦었습니다.

꿀꺽.

술잔을 단숨에 들이킨 제갈천이 물었다.

─어쩔 건데 이렇게 시간 끌 셈이야?

─말조심합시다. 제갈천 공자. 이렇게 우리도 시간 끌고 싶은 마음은 없는데 상대가 빈틈을 보이질 않고 있소이다.

지부장은 자신이 전귀를 불러드렸다는 사실은 말하지 않았다.

어차피 제갈천 역시 자신에게 모든 것들을 얘기하지 않는다는 것을 모르지 않기에 자신 역시 패를 숨겨둘 필요가 있었다.

─빌어먹을 빨리 처리하라고 이런 촌구석에 더는 있기 싫으니!

─모든 것은 때가 있는 법이 아니겠소이까. 하루를 더 있나 보름을 더 있나 다를 게 있겠소?

지부장의 말에 제갈천은 연거푸 술잔을 들이켰다.

—개만도 못한 새끼.

—칭찬으로 듣겠소. 제갈천 공자.

—닥치고 빨리 처리해. 더 시간 끌면 이 관계는 여기까지야.

제갈천이 선을 긋겠다는 말을 했지만, 듣는 지부장에게는 그저 앙탈로 보이지 않았다.

—끝? 그럴 수는 없지. 이보시오. 제갈 소협. 귓구멍에 제대로 새겨들으시오. 이번 일은 성공하든 실패하든 우리는 공동 운명체라는 것을. 성공하면 둘 다 원하는 바를 얻겠지만, 실패하면 나만 죽지 않을 거니까. 아시겠소?

지부장의 말에 제갈천이 주먹을 꽉 쥐었다.

—가, 감히! 대(大) 제갈세가를 상대로 감히!

—훗, 소협이 제갈세가 그 자체는 아니지 않소이까. 어쭙잖은 협박일랑 그만두시오. 그리고 이미 나와 손잡았는데 세가에서 귀하를 감싸주리라 생각하시오? 정말 제갈세가의 이름값이 아깝구려. 이거 내가 손해 보는 것이 아닌지 모르겠구려?

사실 지부장의 입장에선 제갈천이 뭔가 숨기는 것이 있는 이상은 그의 쓰임새는 딱 여기까지였다.

그의 비웃음이 섞인 말에 제갈천은 꽉 쥔 주먹이 부들부들 떨리기 시작하자 이를 악물었다.

그제야 자신이 멍청하게 복수심에 눈이 멀어 당했다는 걸 깨달았지만, 이미 배는 멀리 떠나버린 상태였다.

'빌어먹을.'

제갈천은 자신을 협박하는 지부장을 보며 속으로 이를 갈았다.

'놈이 죽으면 네놈도 반드시 죽여주마. 내 손으로.'

*   *   *

지악천은 백촉과 함께 성문을 빠져나와 형산으로 향했다.

추운 겨울이긴 했지만, 아직 활동하는 야생동물들이 많았기에 백촉이 사냥하기에는 별다른 어려움이 그다지 없어 보였다.

"형산 중턱까지 달려볼까?"

지악천이 말이 끝나기 무섭게 빠르게 움직이자 백촉 역시 지지 않겠다는 듯이 빠른 속도로 튀어나갔다.

빠르게 형산의 초입에 도착한 둘은 곧바로 빠르게 중턱까지 올라섰다.

턱.

"흐흐. 이젠 내가 더 빠르네?"

중턱에 먼저 도착한 지악천이 느긋한 표정으로 뒤이어오는 백촉을 보며 이죽거렸다.

그러자 백촉은 더 듣기 싫다는 듯이 고갤 돌리며 사냥감이 있는 곳으로 몸을 날렸다.

"같이 가!"

빠르게 움직이는 백촉의 뒤를 따라서 지악천이 움직이기 시작했다. 그리고 자신이 왔던 방향을 흘겨보며 가벼운 미소를 지었다.

지악천이 흘겨본 곳에 한 사내가 모습을 드러냈다.

그는 바로 흑연의 지부장과 대화를 나눴던 전귀였다.

전귀는 지악천이 움직이는 속도를 보며 겨우겨우 힘겹게 따라붙었다.

뒤를 쫓는 처지니 존재감을 드러낼 수 없었기에 안 그래도 빠르게 움직이는 지악천의 뒤를 더욱 힘겹게 따라붙었던 것이다.

'씨발, 잘못 건드린 건 아니겠지?'

일개 포두가 이런 경공을 펼칠 수 있다는 소리는 그는 어디서도 듣지 못했기에 불안감이 엄습했다.

또한 전귀는 본래 지악천의 뒤를 밟을 생각은 추호도

없었다.

우연히 성문을 빠져나가는 지악천의 모습을 보고 궁금했을 뿐이다.

전귀로써는 지악천에 대해서 듣기만 했기에 실제는 어떨지 호기심이 생기지 않을 수 없었다.

상대방을 눈으로 확인할 기회를 뿌리칠 수 없었다.

일말의 충동을 참지 못한 선택은 느낌이 영 좋지 못했다.

'돌아가자.'

전귀는 순식간에 멀어지는 지악천의 기척을 더는 느끼지 못하자 곧장 포기하고 다시 왔던 길로 돌아갔다.

아무래도 의뢰인인 지부장에게 제대로 따져야 할 것 같았다.

목숨은 언제나 소중한 법이었으니까.

전귀가 그대로 돌아가자 백촉의 뒤를 따라서 움직이던 지악천은 아쉬운 표정이었다.

그러는 순간 진한 혈향이 느껴지기 무섭게 백촉이 지악천의 앞에 모습을 드러냈다.

백촉의 입에는 자신보다 큰 수사슴의 목이 걸려 있었다.

"내려놔. 해줄 테니까."

지악천은 자연스럽게 말을 하는 동시에 가볍게 자리를 만들면 빠르게 불을 붙일 준비를 시작했다.

이전이었다면 화섭자를 항상 가지고 있어야 했지만, 지금은 그럴 필요가 없었다.

화르륵.

이렇게 화기를 일으키기만 하면 아주 손쉽게 불을 붙일 수 있었기 때문이었다.

그렇게 모닥불에 나무를 넣어 불을 피우는 사이에 남는 시간을 활용해 능숙한 손놀림으로 깔끔하게 해체한 갈빗대를 잡고 화기를 밀어 넣어 내부를 달군 후 화력이 절정에 오른 불에 요리하니 요리 시간도 엄청나게 단축됐다.

맛은 어지간한 숙수들보다 나았다.

강한 화력에 겉면은 바삭하고 속은 부드러우니 씹는 맛도 일품이었다.

'이러니 이 녀석이 나가자고 보채지.'

지악천이 사슴의 갈빗대 하나를 먹어 치울 때 백촉은 그보다 배 이상을 먹고 있었다.

뼈까지 알뜰살뜰하게 씹어 먹으면서 말이다.

까드득, 까드득.

어미젖을 제외하면 실질적인 첫 먹이가 지악천이 해

줬던 적저 구이였던 만큼 백촉에겐 가장 익숙하고 맛있게 느껴졌다.

또한 최근 들어서 그가 해주는 구이는 최상의 먹을거리나 마찬가지였다.

이미 능숙할 대로 능숙해진 구이 실력에 화기가 더해지니 맛이 없을 수가 없었다.

이미 그 많은 갈빗대를 처리한 백촉은 지악천이 꼽아 놓은 다리들을 기다리고 있었다.

"미야양!"

자글자글 익어가던 다리들을 보던 백촉이 소릴 내며 보채자 지악천이 손을 뻗어 앞다리 하나를 집어 던졌다.

콰직!

자신을 향해서 다가오는 넓적다리를 그대로 입으로 받아낸 백촉이 그대로 빠르게 씹기 시작했다.

그 모습을 본 지악천도 다릴 하나 집어서 먹기 시작했다.

파삭.

'음?'

지악천과 백촉이 있는 곳에서 다소 먼 곳에서 낙엽을 밟는 소리가 들려왔다.

처음에는 짐승인가 했지만, 자신이 아닌 백촉의 존재
감을 무시할 산짐승은 없다.

그렇기에 그 기척의 주인이 사람이라는 것을 파악하
는데 오래 걸리지 않았다.

'누구지?'

기척의 주인이 인근까지 다다랐다는 걸 알았지만, 지
악천은 묵묵히 모른 척했다.

기척의 주인이 보폭과 일관되게 들려오는 낙엽 밟는
소리에 그가 무인이라는 것을 금방 알아차렸기 때문이
다.

그리고 기척의 주인은 점점 더 가까워지더니 이내 헛
기침을 하며 자신의 존재를 드러냈다.

"커허험."

"미야야양!"

그의 헛기침 소리와 동시에 백촉이 허겁지겁 먹고 있
던 노릇노릇한 수사슴의 앞다리를 내팽개쳐내면서 지
악천의 뒤로 와서 앞발로 자신의 코를 막았다.

하지만 그것으로도 부족했는지 지악천의 등에 코를
문지르다가 이내 땅에 자신의 코를 박았다.

지악천은 백촉의 갑작스러운 행동에 잠시 당황했지만
이내 헛기침의 주인공을 바라봤다.

"누구십니까?"

짐짓 그의 행색을 보고 어디에 속한 누구인지 짐작했지만, 담담하게 물었다.

하지만 그 담담한 표정은 오래가지 않았다.

노릇노릇하게 구워진 사슴고기의 냄새를 짓누르고 느껴지는 구린내에 인상을 찌푸렸다.

"커흠! 내가 누구인지는 행색을 보면 알겠지. 그러니 거기 남는 고기 좀 먹게 주게나."

지악천이 무슨 생각을 하는지 뻔하다는 듯한 말과 뻔뻔함에 지악천은 인상을 찌푸렸다.

상대는 그런 그의 표정에도 아랑곳하지 않는 표정으로 지악천의 맞은편에 주저앉으려고 했다.

"누가 앉으라고 했습니까? 그리고 누구냐고 물었습니다."

감정이 절제된 차가운 목소리에 자리에 앉으려던 그는 치솟는 소름에 어정쩡한 자세로 지악천을 바라봤다.

그는 지악천의 말을 무시하고 앉으면 안 될 것 같은 느낌을 받았다.

그렇다고 해서 그대로 곧장 몸을 세우기에는 자존심이 상했다.

그랬기에 그런 어정쩡한 모습이 됐다.

"커험!"

그는 헛기침과 함께 자신의 허리춤에 있는 표식을 보여줬다.

그것은 개방도라는 것을 뜻하는 매듭이었다.

하지만 그것을 지악천이 알 리가 없었다.

"그게 뭐 어쩌라는 거요?"

이젠 시선까지도 차갑게 변해가자 거지는 더더욱 난감했다.

하지만 계속해서 오해를 사고 싶은 마음은 없기에 정체를 밝혔다.

"크허험! 난 개방의 칠결 제자인 용개(龍丐)라고 하네."

자신을 용개라고 소개한 개방의 거지의 말에 지악천의 눈이 조금은 풀어졌지만, 목소리에 실린 감정은 쉽사리 변하지 않았다.

"그래서 뭡니까? 용건이 없다면 돌아가시오."

지악천의 말에 용개의 표정 역시 굳었다.

겉보기에도 지악천은 무인 같았는데 개방의 장로인 자신을 모른다는 것에 알게 모르게 모욕감을 느낀 탓이었다.

지악천의 시선은 풀어졌지만 반대로 용개의 시선이 차갑게 식었다.

자신을 무시한다는 모욕감이 그렇게 만들었다.

이 상황을 자신이 만들었다는 사실은 이미 기억에서 사라졌다.

오로지 불쾌함만이 남아 있었다.

자신보다 한참이나 어린 지악천에게 무시당했다는 사실에 용개는 분개했다.

쾅!

분개한 용개가 타오르는 모닥불을 걷어찼다.

그 영향으로 사슴 다리 구이는 흙 범벅이 되어 바닥을 굴렀다.

용개의 갑작스러운 행동이었지만 이미 지악천은 멀찌감치 물러난 후였다.

"놈!"

지악천이 물러나자 모닥불을 걷어찬 용개가 달려들었다.

몇 마디도 나누지 않았던 그의 눈에 비친 지악천의 모든 게 불쾌하고 짜증났다.

그렇기에 지악천의 행색이 포두라는 것도 알아보지도 못할 정도로.

멀어진 지악천을 향해서 용개가 휘적거리는 걸음걸이로 빠르게 움직였다.

개방의 취팔선보(醉八仙步)였다.

지악천은 휘적거리며 자신을 향해서 빠르게 접근하는 용개의 모습에 전혀 당황하지 않고 그의 움직임을 눈을 떼지 않고 바라봤다.

휘적거리는 용개의 움직임의 끝은 분명 자신을 향하고 있었기에 대비했다.

빠르게 지악천을 향해서 가는 와중에 취팔선공(醉八仙功)을 끌어올린 용개가 취팔선권(醉八仙拳)을 날렸다.

영문을 모르는 사람이 본다면 휘적휘적 움직이는 사람처럼 보이겠지만, 용개의 움직임은 그런 것들과는 달랐다.

그의 주먹 하나하나에 실린 힘은 절대 가볍지 않았다.

자신을 향해서 휘적거리며 다가오던 용개가 내공을 끌어올리기 무섭게 기세가 돌변하는 걸 느낀 지악천 역시 양손을 각기 위아래로 옮겼다.

동시에 무형천류를 펼칠 준비를 하면서 오른손에는 화기, 왼손에는 냉기를 끌어올렸다.

찰나에 순간에 준비를 끝낸 지악천의 음양이기의 무

형천류와 용개의 취팔선권이 부딪혔다.

팍! 파파팍!

용개에겐 단순한 불쾌감을 받았을 뿐 그것 말곤 별다른 억하심정이 없었기에 최대한 수세적으로 나왔다.

하지만 지악천의 수세를 공세로 밀어붙이는 용개의 눈에는 불신이 가득했다.

아무리 전력이 아니라고 하지만 자신의 취팔선권을 수월하게 받아내는 것은 물론이고, 음양이기를 너무나도 자연스럽게 쓰고 있었다.

자신의 눈으로 보고 있는 데도 믿을 수 없다는 심정이 가득했다.

'뭐야? 어디서 이딴 놈이⋯⋯.'

취팔선권을 여유롭게 막아내는 지악천의 모습을 보며 믿기 싫어도 믿을 수밖에 없었다.

계속해서 공세를 펼치는 그의 머릿속은 복잡했다.

지악천의 정체에 대해서 끊임없이 고민하고 있던 탓이었다.

무림의 역사에서 음양이기를 사용하는 무공이 극히 이례적이긴 하나 전혀 없던 것도 아니었다.

그렇기에 자신이 알고 있는 형태를 떠올렸지만, 지악천의 무형천류와 같은 건 하나도 없었다.

당연한 일이었다.

지악천의 무형천류. 그 자체를 무림에서 아는 사람이 없다고 봐야 하는 무공이었다.

용개가 생각하는 음양이기 역시 그냥 단순하게 화기와 냉기를 사용할 뿐이었으니까.

용개의 머릿속은 더욱더 복잡해졌고, 그런 그의 손발은 당연하게도 자연스러울 수가 없었다.

파앙~!

상대의 정체를 파악하기 위해서 머리를 굴리다 보니 손발이 엇나갔다.

그리고 그것을 놓치지 않은 지악천이 그대로 그의 어깨를 양손으로 가볍게 밀쳐냈다.

물론 가볍게 밀어내는 기준은 어디까지나 지악천의 기준이었지만 말이다.

촤르르르.

지악천에 의해서 밀려난 용개의 얼굴은 당혹감이 진하게 떠올랐다.

자신의 양 어깨에 뜨거운 열기와 차가운 냉기가 동시에 느껴졌기 때문이었다.

물론 그 증상은 취팔선공의 내공을 끌어올리는 순식간에 사라졌지만, 그의 당혹스러운 표정은 사라지지 않았다.

'……도대체 누가 저런 놈을?'

용개는 누가 지악천 같은 이를 키웠을지 계속해서 머리를 열심히 굴렸지만 떠오르는 답이 없었다.

그렇게 그가 머리를 굴리는 사이에 지악천이 신형이 흐릿해지더니, 어느새 용개의 측면에서 나타난 그가 용개의 관자놀이를 주먹으로 후려쳤다.

빡!

"억!"

털썩!

용개는 지악천의 주먹에 관자놀이를 맞기 무섭게 외마디 신음과 함께 그대로 바닥에 쓰러져버렸다.

탁탁.

"진짜 뭔 거지같은… 아니, 거지지. 쯧.   ."

쓰러진 용개를 보며 지악천이 그대로 돌아서자 금세 뒤로 빠졌던 백촉이 지악천의 뒤를 따라서 움직였다.

얼마간의 시간이 흐른 뒤 지악천에게 관자놀이를 맞고 기절했던 용개가 기함과 동시에 상체를 들어올렸다.

"허억!"

곧장 주변을 두리번거렸지만 자신을 기절시켰던 지악

천의 흔적은 이미 존재하지 않았다.

"뭐냐……."

생각과 동시에 자신의 상태를 확인한 용개는 지악천이 기절한 자신에게 아무것도 건드리지 않았다는 걸 알수 있었다.

그리고 동시에 의문이 들었다.

만약 자신이었다면 팔다리를 묶어서 끌고 가서 정체를 캐물었을 텐데 상대는 아무것도 하지 않았기에.

꼬르륵.

긴장감이 풀린 탓인지 그의 뱃속에서 배고프다고 아우성을 치기 시작했다.

그러자 그의 후각은 식은 고기 냄새를 맡을 수 있었다.

그리고 이내 그 냄새의 정체가 자신이 엎어버렸던 사슴의 다리라는 것을 깨달았고 일말의 주저함도 없이 흙으로 범벅이 된 사슴 다리를 주워들었다.

탁탁.

흙 범벅인 다리를 대충 털어내고 일말의 고민도 없이 씹었다.

콱!

"음!"

많이 식긴 했지만 맛 자체는 나쁘지 않았다.

"쩝쩝, 도대체 쩝쩝, 뭐 하는 놈이지?"

사슴 다리를 씹으며 지악천을 떠올리던 용개는 결국 그가 입고 있던 옷까지 떠올릴 수 있었다.

툭.

지악천의 옷이 뭔지 깨달은 그는 들고 있던 사슴 다리를 놓쳤다.

"포두?"

지악천의 복장은 분명 관청의 포두가 입는 것이 틀림 없었다.

하지만 이내 아니라는 듯이 고개를 흔들었다.

'그럴 리가. 한낱 포두 따위가 그런 무위를? 설마? 에이, 나도 늙었나?'

용개의 머릿속에서 지악천의 무위와 포두라는 직책이 교차하자 부정했다.

믿을 수 없던 탓이었다.

황궁 무인도 아니고 일개 포두가? 라는 생각이 든 탓이었다.

용개가 개방도로서 빌어먹고 산지가 꽤나 오래됐기에 생각이 굳어버린 탓도 없진 않았다.

그렇게 용개는 떨어뜨린 다리를 다시 집어 들어서 살

점 하나 남기지 않고 먹은 후 나머지 다리 하나까지 처리 후 자리를 떠났다.

* * *

한편 형산까지 지악천의 뒤를 따라갔던 전귀는 남악으로 돌아와 황금루로 향했다.

지악천에 대해서 지부장에게 따져야 했기에 들어가자마자 곧장 그를 맞이하는 루주에게 말했다.

"빌어먹을 놈에게 연락해라. 내가 좀 보자고."

전귀의 말에 루주는 생글거리면서 말없이 바로 움직였다.

루주는 곧장 전귀의 말을 전했고 반각이 지났을 때쯤 지부장이 황금루에 모습을 드러냈다.

"찾았소?"

"그래. 씨발. 도대체 그런 괴물 같은 놈을 죽이라고 한 의도가 뭐야! 어?! 날 죽이고 싶으면 그냥 죽여!"

전귀의 갑작스러운 말에 지부장은 영문을 모르겠다는 듯한 표정으로 되물었다.

"그게 무슨 소리요? 내가 왜 그러겠소? 도대체 무슨 영문인지 모르겠으니 설명을 해보시오."

전귀는 벌겋게 달아오른 얼굴을 진정시킬 생각도 없는지 쏘아붙였다.

"씨발! 씨발! 그런 괴물을 어떻게 죽이라고! 상대의 수준도 모르고 일을 시켜?! 엉! 개 같은! 이딴 식으로 일 시킬 거면 포기하고 말지! 아니면 그자에게 모든 걸 털어놓고 평생 숨어 지내고 말지! 내가 아무리 돈에 미친놈이라고 해도 이번 일은 못 해! 아니, 안 해!"

전귀의 외침에 지부장도 인상을 찌푸릴 수밖에 없었다.

"이보게, 전귀. 도대체 알아먹게 얘길 해야 하지 않겠나? 밑도 끝도 없이 그게 무슨 말……."

"씨발! 괴물을 상대하라니 너 같으면 하겠냐!"

"아니, 누가 괴물이라는……! 설마?"

갑작스럽게 찾아와서 하는 전귀의 말에 이해하지 못했지만 늦게나마 깨달았다.

전귀가 말하는 이가 지악천이라는 사실을.

"씨발, 흑연에서도 전혀 몰랐다고 시치미 떼는 것은 아니겠지? 이 뭣 같은 새끼들 내가 언제 너희를 상대로 등쳐먹은 적이 있었냐!? 오히려 네놈이 내 등쳐먹었으면 먹었지. 너넨 나한테 이러면 안 된다고 씨발 것들아!"

전귀의 성난 말에 지부장이 이를 악물었다.

"……전귀. 진정하게. 나도 그런 사실을 전혀 몰랐으니까."

지부장의 말은 거짓이 아니었다.

지악천의 수준을 그들은 그저 절정 딱 그 정도로 파악하고 있었으니 전귀를 부른 것이 아니겠는가.

'제갈천. 이 개 같은 새끼가!'

지부장은 제갈천에게 당했다고 생각했다.

물론 그것은 상호 간의 인식의 차이일 뿐이었다.

제갈천은 먼저 흑연이 접근한 만큼 다 알고 접근한 줄 알고 있었으니까.

또한 자신에게 필요 이상으로 물어본 적도 없었기도 했으니까.

애초에 그 정보만 믿고 움직인 지부장의 책임이 가장 크다고 볼 수 있었다.

"전귀…… 일단 진정하시게. 내 좀 더 자세히 알아볼 테니까. 전귀. 자네의 말이 맞는다면 이 계획 자체가 무의미할 테니까."

"씨발. 애초에 눈이 있다면 이런 병신같은 계획을 짠 새끼의 사지를 찢어 죽여라. 감히 나를 사지로 몰아? 개씨발 새끼들. 그리고 넌 저번에도 뒤통수치더니……."

지부장을 노려보며 말하는 전귀의 눈에 불신이 가득 들어찼다.

그런 전귀의 시선을 느낀 지부장이 서둘러 양손을 들어올렸다.

"절대! 절대로! 아니다! 신의를⋯⋯."

신의를 걸겠다고 말하려고 했지만, 이내 입을 다물 수밖에 없었다.

신의를 논하기에는 이전에 사고 친 게 있기에.

"아무튼, 알아보고 다시 보고 올 테니 술이나 마시면서 기다리게."

지부장은 자리에서 일어나 나갔다.

그리고 루주를 만나 전귀에게 술을 가져다주라고 말한 뒤 황금루를 빠져나갔다.

제갈천을 만나기 위해서였다.

"씨발!"

결과적으로 자신의 부주의로 인해 꼬여버린 일이었지만, 지부장은 자신의 잘못을 인정하지 못했다.

한편 남악으로 돌아온 지악천은 곧장 강성중을 찾아갔다.

형산에서 쓰러뜨린 용개에 관해서 물어볼 참이었다.

"아니, 강 형은 도대체 어딜 간 거야?"

지악천은 강성중이 갈 만한 곳들을 찾아다녔지만, 좀처럼 강성중을 발견하지 못했다.

"어쩔 수 없군. 백촉."

"미양?"

"강 형의 냄새 기억해?"

갸웃.

지악천의 물음에 백촉이 살짝 고개를 기울였다.

애매한 모양이었다.

"찾으면 고기 사줄게. 아까 제대로 못 먹어서 아직 부족하잖아?"

지악천의 말에 자극을 받아서인지 아니면 식욕이라는 본능에 충실한 탓인지 백촉의 고개가 들리면서 지악천을 바라봤다.

마치 진짜냐고 묻는 듯한 눈으로.

"그래. 사준다니까? 내가 그런 거로 거짓말하겠어?"

지악천의 말에 그를 바라보던 백촉이 바로 고갤 숙이더니 움직이기 시작했다.

백촉이 향한 곳은 항상 강성중과 점심을 먹던 객잔이었다.

때마침 같이 앉았던 자리가 공석이라 백촉이 자연스

럽게 강성중이 앉았던 자리에 남은 체향을 맡으려고 하는 듯했다.

"미양!"

"됐어?"

"미야양!"

강성중의 냄새를 인지했는지 지악천을 바라보며 소리 내곤 객잔 밖으로 나갔다. 지악천 역시 따라 움직였다.

객잔에 있던 사람들은 그들의 모습에 의아함을 감추지 못했다.

그렇게 객잔을 빠져나간 백촉은 곧장 북쪽으로 뛰기 시작했다.

그것도 건물들의 지붕을 밟으면서 빠르게.

한편 강성중은 지악천이 자신을 찾았는지도 모른 채로 일전에 지부장에게 묻혀놨던 추종향을 따라서 움직이는 중이었다.

'이번엔 누굴 만나니?'

강성중은 이미 자신이 추종향을 묻혀놨던 지부장이 제갈천이 있는 곳에 수차례 나타났다는 것 역시 알고 있었다.

하지만 그들이 뭔가를 꾸미고 있다는 확실한 증거가

없었고 또한, 직접적인 대화는 나누지 않고 조심스럽게 전음으로 대화하는 듯하니 이렇게 시간이 걸렸다.

그러는 가운데 일찍이 움직였던 그가 다시 움직이니 강성중으로선 뭔가 있겠구나 싶어서 따라붙은 상태였다.

언제나처럼 기척을 최대한 죽인 상태에서 지부장이 향하는 방향을 바라보고 있었다.

그리고 그가 들어가는 곳을 확인 후 강성중의 눈은 차갑게 가라앉았다.

'역시…… 제갈천인가?'

꾸준하게 한 곳에서 술을 마시는 제갈천이 아니었기에 그 의심은 진해질 수밖에 없었다.

벌써 강성중이 확인한 것만 해도 수차례.

이 정도면 심증은 확실했다.

제갈천이 제갈세가를 배신까진 하지 않았더라도 최소한 제갈세가의 뜻을 거스를 정도로 지악천에 대한 강한 앙심은 품고 있다고 말이다.

좀 더 접근해서 그들의 대화를 엿듣기 위해서 자리를 옮기려는 찰나에 그의 귓가에 울리는 전음이 있었다.

—강 형! 여기 있었네! 찾았다고!

바로 강성중의 체향을 추적한 백촉을 따라온 지악천

의 전음이었다.

―응? 왜? 무슨 일인데?

―아니, 아까 사냥 갔잖아? 거기서 이상한 거지를 만났어. 그리고 이러저러하다가 덤벼들기에 좀 상대해주다가 좀 질척거릴 것 같아서 기절시킨 후에 버리고 왔거든?

―그래서?

―아니, 그 거지가 이상한 말을 하는 거야. 개방이라고 개방. 물론 나도 알지. 개방. 근데 자신이 칠결이라고 하더라고.

지악천의 말에 강성중이 화들짝 놀랐다.

개방의 칠결이면 장로 신분이었으니까.

―뭐?! 칠결? 이, 이름은? 이름은 말했어?

―어…… 아마도 룡개? 라고 했던가? 아니다. 룽? 용? 아! 그래. 용개. 맞아. 용개라고 했어.

지악천의 말에 강성중은 빠르게 용개를 떠올렸다.

'용개…… 용개…… 용개…… 아! 그 쪼잔한 거지!'

강성중은 용개를 거지답지 않게 쪼잔한 거지라고 생각하고 있었다.

―그 양반 아주 골치 아픈데 쪼잔한 방향으로 말이야. 근데 그 양반이 형산에 왜?

—글쎄? 난 모르지. 백촉이 사냥한 사슴을 굽고 있는 데 갑자기 나타나선 고길 달라고 하고 허락도 안 했는 데 맘대로 앉으려고 하길래 누구냐고 몇 번 되묻더니 본인 신분을 말하고 달려들잖아. 그래서 그랬지.

지악천의 말에 강성중은 대충 그림이 그려졌다.

'뻔하네. 얘가 기세를 일으키면서까지 물으니 그걸 고스란히 받아냈긴 했지만, 자존심이 상했겠지. 원래 그런 양반이니까. 대범한 척하면서 쪼잔한 거지. 정말 이름이 어울리지 않는 거지야.'

강성중의 생각에는 용개에 대한 좋은 평가가 없었다.

전형적인 속이 좁은 사람의 전형이었으니까.

—그 인간이랑 엮이면 귀찮아지는데…… 속이 좁쌀 같은 인간인데 겉으론 착한 척하는 사람이거든.

—그래? 내가 보기엔 그냥 겉이나 속이나 좁쌀 같은 인간이던데 말이야.

—그거야, 네가 크게 알려진 사람도 아니니 잘 보일 필요가 없으니까 그렇겠지. 너에 대해서 잘 모를 테니까.

그의 말에 지악천이 고개를 끄덕였다.

그 역시 그런 부류의 사람들을 많이 봐왔기에 무슨 말인지 알아들었다.

─그렇군. 근데 용개라고 했던 거지가 남악으로 오면 마주칠 수밖에 없을 텐데 어쩌지?

─음…… 그러면 어쩔 수 없이 제갈위학에게 따로 말을 해줘야겠네. 용개가 아무리 널 보고 날뛰려고 해도 제갈가의 이름값이면 아무리 개방의 이름을 들먹일 용개라도 한 수 접어야 할 테니까.

─그런가?

지악천은 아직도 무림이 어떻게 돌아가는지 잘 모르기에 나올 수 있는 반응이었다.

─아무튼, 말해둘 테니까 귀찮아지는 일은 없을 거다. 아마도 말이지.

─아마도?

─워낙 속 좁은 인간이라 뭔 짓을 할지 모르니까. 물론 대놓고 뭘 하진 않겠지.

물을 거 다 물어본 지악천은 이제야 강성중이 왜 여기에 있는지 물었다.

─근데 강 형. 왜 여기에 있는 거야?

─저번에 내가 추종향 묻혀놨다고 했지? 그놈이 움직여서 따라온 거야.

─아하. 그래서? 뭐 좀 나왔어?

─저 안에 제갈천도 있다. 너에겐 말하지 않았지만,

그동안 몇 번이나 같은 내부에 있었어. 다만, 전음으로만 얘길 해서 물증이 없어서 지켜보고만 있었던 거고.

—그거야, 강 형이 계속했던 말이잖아. 지켜보자고. 결과적으로는 심증은 확실하다는 거네. 맞지? 증거를 찾기보단 그냥 두들겨 패서 증거를 토해내게 하는 게 낫지 않겠어? 그게 아니라면 황금루의 약쟁이 루주를 심문해도 충분히 가능해 보이는데.

—그게 포두로서 할 말이냐?

—헤에, 강 형. 생각보다 순진하네? 모든 게 적법하게 돌아가지 않는다는 것쯤은 잘 알잖아. 가끔은 심증만으로 잡아내야 할 때가 있는 법이라고. 그러다 보면 불빛에 놀란 쥐들이 움직일 수 있고, 그런 상황에서 우리가 할 일은 움직이는 쥐들을 선별해서 잡아드리면 된다. 이거지.

지악천의 말에 강성중이 가볍게 고갤 흔들었다.

—아니, 이 방법으로 해야만 문제없이 해결할 수 있어. 그리고 그렇게 하려면 이렇게 진행하는 게 결과적으로 옳은 방법이야.

강성중의 말에 지악천은 이해하지 못했는지 머리를 긁적거렸다.

—쩝…… 아무튼지 강 형의 말대로 하기로 했으니까

그렇게 하자고. 도와줄까?

　—그래, 뭐 이왕 왔으니까, 우선 기척부터 죽여.

　강성중의 말대로 지악천은 안 그래도 죽이고 있던 기척을 더 죽이는 데 집중했다.

　그리고 그 모습을 본 강성중이 고개를 끄덕였다.

　—가자.

　강성중의 말에 지악천은 기척을 죽이는 와중에 청각을 극대화하며 제갈천과 지부장이 있는 객잔으로 접근했다.

　와글와글.

　객잔은 시간대에 비해서 많은 이들이 왁자지껄하게 떠들고 있기에 골라 듣기가 다소 힘들었지만, 불가능하진 않았다.

　하지만 제갈천은 여전히 홀로 앉아서 술을 홀짝거리고 있었고 지부장 역시 떨어진 곳에서 차를 마시고 있었다.

　다만, 이번엔 상황이 좀 묘했다.

　왁자지껄한 내부에 비해서 둘의 공간은 묘하게 차분한 분위기였다.

　그것도 간간이 눈을 마주치면서.

　물론 그 장면은 밖에서 훔쳐 듣기만 하는 둘에게는 볼

수 없는 장면이었다.

하지만 틈 사이로 보이는 제갈천의 표정이나 지부장의 표정은 썩 좋지 않았다.

—누누이 말하지만 최소한 필요한 것들을 다 알려달라고 하지 않았소! 이런 식으로 한다면 우리도 가만히 당할 생각은 없소. 최소한 소협의 목숨 하나는 가지고 갈 것이오. 그러니 숨기는 것이 있다면 지금 바로 말하란 말이오!

계속되는 지부장의 말에 제갈천은 짜증이 날 뿐이었다.

—다 알고 있지 않나! 알면서 왜 나한테 이러는 이유가 뭔데? 놈만 죽여 달라니까 시간만 질질 끌고 있는 주제에!

—내가 다 알고 있다고? 이런 씨발! 그 미친 포두 새끼가 평범한 절정이 아니라곤 말 안 했잖아! 제갈천!

지부장이 보낸 전음은 제갈천의 미간이 절로 찌푸려질 정도로 큰 소리였다.

그리고 그 전음은 지악천의 귀에도 생생하게 들릴 정도였다.

—뭐? 고작 절정? 병신 같은 새끼들! 초절정에 환골탈태한 포두가 평범한 절정 무인이겠냐! 이 병신아! 고

작 절정 수준이었다면 너희 따위들과 손을 잡았겠냐! 이런 병신 같은!

어느새 둘은 각자 마시던 술과 차에는 안중에도 없이 서로를 바라보고 있었다.

하지만 상대를 바라보는 둘의 시선은 극히 달랐다.

분노가 가득 담긴 제갈천의 시선과 달리 지부장의 시선은 흔들리고 있었다.

'초절정? 그리고 환골탈태를 했다고? 그게 말이 돼?'

제갈천의 표정을 보니 거짓말을 한 것 같진 않았다.

그리고 앞서 전귀의 말을 떠올리면 신빙성이 전혀 없진 않았다.

둘 말을 합치면 지악천이 초절정이란 말이 거짓이 아니라는 걸 느낀 지부장은 이내 떨리는 손으로 자신의 얼굴을 감쌌다.

초절정이라는 것은 전혀 예상치도 못한 상황이었다.

그것은 자신의 모든 계획이 틀어졌다는 말이었다.

무주공산인 남악을 집어삼키려던 계획이 무너져버렸다.

자신의 오판으로 인해서.

지부장 자신의 적극적으로 상부에 말해 남악에 투자한 돈이 적은 돈이 아니었는데, 그것을 전부 허무하게 잃어버릴 처지에 놓인 것이다.

자신의 목과 함께.

그렇게 좌절의 연속이 이어지는 그 순간 지부장의 눈
이 도리어 반짝였다.

'포두를 쳐내는 게 불가능하면 붙으면 된다. 제갈천을
버리고 포두에게 붙으면?!'

짧은 순간 온갖 생각을 하던 지부장의 눈빛이 자신을
보며 빛을 내는 걸 본 제갈천은 불안감을 느끼고 자리
에서 일어나려고 했다.

하지만 그런 그의 어깨에 누군가의 손이 올려졌다.

턱.

일어서려는 자신을 짓누르는 강한 힘에 제갈천이 인
상을 찌푸리며 고갤 돌리는 순간.

한쪽 입꼬리를 올린 지악천이 그를 내려다보고 있었
다.

"이렇게 또 보게 되는구려. 제갈천 소협."

꽈악.

지악천이 말과 동시에 제갈천의 어깨를 잡고 있던 손
에 힘을 주자, 그의 표정이 일그러졌다.

그리고 그 모습을 다소 얼떨떨한 표정으로 바라보고
있던 지부장은 서둘러 움직이려고 했다.

빡!

일어선 지부장의 뒤에는 이미 강성중이 접근한 상태였다.

지부장이 돌아서는 순간에 그의 얼굴을 후려쳐서 기절시켰다.

지부장이 쓰러지기 무섭게 그를 호위하던 이들이 움직이려고 했지만, 어느새 기세를 풀어내고 있는 지악천 때문에 움직일 수 없었다.

쿠오오오.

그들이 있는 건물이 흔들릴 정도로 강대한 기세가 퍼져나가자 누구도 움직일 수 없었다.

그들로서는 흔하게 느껴볼 수 있는 기세가 아니었기에 당연한 모습이었다.

한창 기세를 풀어놓기 시작한 지악천이 입을 열었다.

"저기 쓰러진 놈이랑 같은 편인 놈. 무릎 꿇어. 모르쇠로 일관해도 상관없어. 죽여도 그만이니까."

지악천의 기세가 그들로서는 강대한 압박이기에 버티기에는 역부족이었다.

"크흡! 이것 좀…… 놔……!"

"닥쳐. 제갈천. 바로 죽여 버리지 않은 걸 고맙게 생각해라. 저놈과 무슨 말을 주고받았는지 다 들었으니까."

"그게 무슨?"

'전음으로 얘길 했는데 어떻게?'

제갈천은 표정을 숨길 여력도 없었는지 그대로 다 드러나 있었다.

"그렇게 크게 전음을 내지르면 다 듣지 그걸 못 들을까? 저놈이나 네놈이나 둘 다 멍청하기 짝이 없네."

말은 그렇게 했지만 사실 지악천만 듣고 강성중은 듣지 못했다.

만약 평상시처럼 전음으로 대화를 나눴다면 지악천이 무슨 수를 써도 둘의 대화를 들을 방도는 없었다.

그런 지악천의 말을 들은 이들은 전부 손을 내렸다.

"강 형. 그놈 챙겨서 제갈위학에게 갑시다."

제갈위학에게 가자는 지악천의 말에 제갈천은 고개를 숙일 수밖에 없었다.

자신이 무슨 수를 써도 지악천의 손아귀에서 벗어날 수 없다는 것을 알기에 체념해버린 것이다.

강성중은 이미 기절한 지부장의 마혈과 수혈을 재차 짚으며 확실하게 제압한 후에 그를 짊어졌다.

"이만 가지고 제갈천."

계속해서 그의 어깨를 붙잡고 있던 지악천은 살짝 힘을 빼서 그가 자리에서 일어날 수 있게 했다.

체념한 제갈천은 순순히 자리에서 일어났다.

그들이 밖으로 나갈 때까지 지악천이 기세를 거둬들이지 않았기에 내부에 있는 그 누구도 그들이 나가는데 제지하지 못하고 바라볼 수밖에 없었다.

특히나 객잔에 있던 이들의 대다수가 지부장과 함께 왔던 흑연의 소속임에도 말이다.

그들이 밖으로 나오자 낯익은 천룡대원 두 명이 지악천과 강성중의 앞에 섰다.

그들은 여전히 지악천에게 어깨를 붙잡힌 제갈천의 모습에 모습을 드러내지 않을 수 없었다.

하지만 그들 역시 지악천의 무위를 모르지 않기에 조심스러웠다.

"지악천 포두님. 무슨 상황인지 설명해주실 수 있습니까."

그들의 물음에 지악천이 말하기 전에 강성중이 단호하게 말했다.

"안 그래도 제갈위학을 만나서 얘길 하려고 했으니 가지. 앞장서게."

강성중의 단호한 말에 지악천에게 잡혀 있는 제갈천을 바라봤지만, 그는 그들의 시선을 피하기 급급했다.

자신이 했던 행위가 얼마나 부끄러운 행위인지 알기도

했지만, 지악천에게 반항조차 하지 못하고 제압당한 자신의 처지가 너무나도 초라하다는 감정이 더 컸다.

제갈천의 모습을 본 그들은 자신들이 할 수 있는 것이 없다는 것을 인지하고 빠르게 물러났다.

한 명은 이 소식을 전하기 위해서 움직였고 나머지 한 명은 그들의 뒤에서 따라 움직였다.

빠르게 움직였기에 금방 제갈세가가 전세 낸 객잔에 닿을 수 있었다.

앞서 간 이에게 소식을 전달받은 제갈위학이 이미 나와서 기다리는 중이었다.

사안이 사안인 만큼 안에서 기다릴 수가 없었던 탓이었다.

"지 포두님. 정말 죄송합니다. 면목이 없습니다. 일단 안으로."

제갈위학은 지악천에게 사과하면서도 주변의 시선이 신경 쓰일 수밖에 없기에 그들을 빠르게 안으로 이끌었다.

후원에 자릴 잡은 그들은 제갈천을 무릎 꿇린 다음에 잠시 침묵이 흘렀다.

그리고 그 침묵을 깬 사람은 제갈위학이었다.

"……이전에 얘기했던 그 사안입니까? 옆에 기절한

놈은 관련자인 겁니까?"

제갈위학의 물음은 당연히 강성중을 향한 것이었고 그의 목소리는 약간의 울화가 섞인 듯한 느낌이었다.

"맞네. 긴가민가했지만, 이놈은 분명 흑연의 관계자이고 제갈천은 이자와 작당했네. 그것도 지 포두의 목숨을 가지고."

제갈위학은 우려했던 일이 현실로 다가오자 가슴이 답답했다.

혈육도 혈육이지만, 제갈천은 세가 내부에서도 이리 치이고 저리 치이는 모난 돌 같은 존재였다.

그랬기에 가슴이 답답했다.

'결국, 넘지 말아야 할 선을 넘어버렸구나.'

제갈위학은 잠시 눈을 감고 결정을 내리기 전에 고민에 빠졌다.

제갈천을 살리기 위해선 지악천과 갈라서야 할지도 모를 상황이기도 했지만, 자신이 앞서 했던 말도 있기에 번복하기에도 무리가 있었다.

모든 상황이 최악이라는 건 확실했다.

상황을 반전시킬 수 없는 최악.

다시금 침묵이 이어지자 입을 연 사람은 지악천이었다.

"어떻게 하면 좋겠습니까? 넘어가기에는 사안이 꽤나 중한데……."

지악천의 재촉 아닌 재촉에 제갈위학은 결정을 내려야 했다.

"……정말 지 포두님에게는 송구스럽지만, 세가로 보내야 할 것 같습니다. 물론 일차적인 처분은 이 자리에서 하도록 하겠습니다."

말을 한 제갈위학이 아랫입술을 깨물었다.

그 역시 책임을 통감했기에 무릎 꿇고 있는 제갈천에게 천천히 다가갔다.

"내가 했던 경고를 잊었구나. 천아. 아니, 제갈천. 일차적인 처분으로 단전을 폐하겠다. 너도 네 죄를 모르지 않을 테니, 담담하게 받아드려라."

제갈위학의 감정을 느낀 제갈천이 잠시 흐느꼈지만 이내 잠잠해졌다.

후우웅!

내력이 가득 담긴 제갈위학의 발이 묵직한 소리를 내며 제갈천의 배를 향했다.

정확하게는 단전을 향했다.

퍽!

"크아아아아아아악!! 구웨에에엑!"

내력이 가득 담긴 제갈위학의 발끝은 한 치의 오차도 없이 정확하게 제갈천의 단전을 후려쳤다.

적중당한 제갈천은 앞으로 꼬꾸라지면서 고통에 찬 비명을 지르다가 이내 피를 토하기 시작했다.

곧이어 그에게 변화가 생겨나기 시작했다.

단전이 깨지면서 집을 잃어버린 내공이 날뛰기 시작한 것이다.

쭈우욱! 쭈우욱!

집을 잃어버린 내공이 빠져나가면서 날뛰자, 피부가 괴이하게 튀어나오는 현상이 그의 전신에서 일어났다.

그런 제갈천의 모습을 보던 지악천은 눈살을 찌푸렸다.

저런 모습은 처음 봤기에 어쩔 수 없었다.

담담하게 보기에는 너무나도 괴이했으니까.

다행스럽게도 눈살을 찌푸리는 시간은 그리 길지 않았다.

괴이한 현상에 비명을 지르고 피를 토하는 것을 수차례 반복하더니 이내 멈추자, 그 괴현상도 더 이뤄지지 않았다.

"끄어어어어……."

털썩.

비명과 피를 토해내서 말라버린 탓에 괴이한 소리를 내던 제갈천이 그대로 쓰러져버렸다.

"후……."

제갈천이 완전히 기절하자 그 모습을 보며 이를 악물고 있던 제갈위학이 한숨을 내쉬며 강성중이 있는 곳을 바라봤다.

정확하게는 그의 옆에 쓰러져 있는 지부장을 향한 시선이었다.

"실례되지 않는다면 그를 저에게 맡겨주시지 않겠습니까? 그가 알고 있는 모든 것을 말하게 하겠습니다."

제갈위학의 말에는 감출 수 없는 한기가 스며들어 있었다.

자신의 동생을 이렇게 만든 것은 결과적으로 지악천이 아니었다.

저기 바닥에 쓰러진 저놈이었지.

제갈위학은 그 모든 분노와 증오심을 지부장에게 오롯이 쏟아낼 생각이었다.

그리고 그 생각을 읽었는지 강성중이 순순히 그를 보며 고갤 끄덕였다.

"그렇게 하시오. 하지만 죽이진 마시오. 중요한 창구가 될 테니."

"살려는 놓겠습니다. 하지만 그에게 더 받아낼 정보가 없을 정도로 해두도록 하죠."

제갈위학의 목소리는 이젠 거의 감정이 담겨 있지 않았다.

그 모습은 사람을 고문할 때 가장 올바른 모습이라 할 수 있었다.

모든 감정을 배제해야 동질감이나 동정심이 들지 않기에 가장 필수적인 요소라고 할 수 있었다.

'제갈위학이 고문을 배웠을 줄이야. 생각지도 못한 부분이군.'

고문은 하는 사람은 정신적으로, 받는 사람은 육체와 정신적으로 힘든 법이었으니까.

그렇게 제갈위학의 말에 둘은 빈손으로 객잔 밖으로 나왔다.

제갈천의 단전까지 깬 그의 말을 차마 거절하기엔 좀 그랬기에 순순히 물러난 것이다.

그리고 그런 둘의 앞에 꿉꿉한 냄새보다 더 심한 냄새가 풍겨왔다.

"아니, 이 구린내는…… 어?"

냄새를 맡고 인상을 찌푸리며 말을 하던 지악천은 그 냄새가 묘하게도 낯익었다.

그리고 그 냄새가 나는 방향을 바라보던 강성중의 표정은 썩어 있었다.

그 냄새를 풍기던 이는 다름 아닌 인상을 잔뜩 찌푸린 용개였기 때문이다.

—강 형. 저기 저 거지가 내가 말하던 그 거지야.

—뭐? 저 사람이 용개라고?

강성중 역시 용개라는 이름만 들었지 실제로 마주한 것은 처음이기에 그의 이목구비를 보며 자신이 알고 있는 것들과 맞춰봤다.

"하아⋯⋯."

이내 자신이 숙지하고 있던 것과 일치한다는 것을 인지한 그가 한숨을 살짝 내쉬었다.

그들이 용개를 봤듯이 그 역시 지악천을 봤는지, 그의 표정 역시 썩 좋진 않았다.

지악천에게 덤벼들었다가 사실상 아무것도 못 하고 기절 당했으니 좋은 감정이 있을 수 없었다.

"네, 네, 네 이놈!!"

지악천을 발견하고 부들부들 떨던 용개가 지악천을 향해서 손가락질하며 소리쳤다.

그 소리에 지악천은 손으로 이마를 짚은 상태로 고갤 흔들었다.

혹시나 했는데 역시나 만나버렸다.

하지만 용개 역시 쉽사리 지악천에게 다짜고짜 달려들진 못했다.

앞서 지악천에게 달려들었다가 아무것도 못 하고 기절했던 기억이 아직도 선명했기 때문이다.

괜히 덤벼들었다가 또 기절한다면 이번에는 목숨이 달아날지도 모른다는 생각이 들었다.

그렇게 대치하고 있을 때 객잔의 밖에서 대기하고 있던 천룡대원이 다가왔고 곧장 용개를 알아봤다.

"무슨 일…… 험! 혹시 용개 장로이십니까?"

용개는 지악천을 노려보다가 자신을 부르는 목소리에 시선이 돌렸다.

부른 이의 복장이 청룡대의 복장이라는 걸 알아차렸다.

"커허험! 제갈세가의 청룡대인가?"

"예. 용개 장로님. 한데 무슨 일이신지……?"

용개에게 물어보는 그는 자연스럽게 지악천의 눈치를 봤다.

그들에게 중요한 인물은 용개가 아닌 지악천이기 때문이다.

그리고 그런 그의 시선을 읽지 못할 용개가 아니었다.

딱 봐도 자신보다 지악천의 눈치를 보는 것이 눈에 보이는데 모르면 개방 장로직을 때려치워야 했다.

'저놈이 뭔데…… 저렇게 눈치를 봐?'

지악천을 모르는 용개의 입장에선 충분히 자존심도 상하고 짜증도 날 상황이었다.

무림에서 기본적으로 배분을 중요시하기에 이런 경우 자신에게 극진한 태도를 보여야 하는 게 정상이다.

그런데 묘하게 자신이 아닌 지악천의 눈치를 보는 것이 거슬렸다.

아주 많이.

그리고 그럴수록 그의 심기는 더 없이 꼬여만 갔다.

―어쩔 거야? 제갈세가까지 알아버렸는데 그냥 무시할 수 없을 거 같은데?

지악천의 전음에 강성중 역시 비슷한 생각을 하고 있었다.

자신이 알고 있는 용개의 성격이라면 지금은 그냥 넘어갈 순 있어도 용개는 분명 지악천에 대해서 조사를 시작할 거고 그 내용이 중원 전체에 퍼질 것이 자명했다.

그렇다면 방법은 두 가지뿐이었다.

용개를 죽이던가.

용개를 잘 어르고 타이르든가.

하지만 전자는 불가능하니 결국은 후자를 선택할 수밖에 없었다.

'제갈세가에서 나서줬으면 좋겠지만, 그것도 쉽진 않겠군.'

청룡대원의 시선이 갈팡질팡하는 것이 뻔히 보이는데 그런 것까지 바란다면 사치였다.

"하하. 이렇게 고명하신 개방의 장로님의 뵙게 되어 반갑습니다. 소인은 강성중이라 합니다."

본래 제갈세가를 제외하면 자신의 정체를 아는 이들은 극소수에 불과하기에 최대한 낮춰야 했다.

그런 강성중의 태도에 용개는 자연스럽게 주변의 시선을 신경 쓸 수밖에 없었다.

앞에서 먼저 면을 세워주는 말을 하는데 여기서 타박을 하며 상대를 깎아내리게 된다면 이후에 뒷말이 나올 확률이 높다는 걸 잘 알고 있었다.

또한 용개는 거지답지 않게 자신의 체면을 아주 소중하게 생각했다.

강성중의 말에 용개는 눈알을 굴리며 고민했다.

하지만 그 고민은 길지 않았다.

지악천이 숙인 것은 아니지만, 일행으로 보이는 이가

먼저 고갤 숙였으니 자신도 그에 맞춰서 움직였다.

"커흠! 그래서 사문은 어디인가?"

그 물음은 지악천과 강성중을 향한 것이었지만, 용개를 못마땅하게 바라보는 지악천이 그 말에 답할 리가 없었다.

"예에. 저는 그저 떠돌이에 불과한 무인입니다."

강성중의 말에 용개의 눈이 좁아졌다.

강성중이 비록 자신의 신분 때문에 밝히진 않았지만, 나름대로 최대한 숙이고 있기에 용개의 말은 다소 예의가 없어졌다.

"떠돌이? 딱히 적을 둔 곳이 없단 말이군. 그래서 정(正)이더냐 사(邪)이더냐?"

자신을 기절시킨 지악천의 앞에서 그는 자신을 추켜세우는 강성중에게 말을 하면서도 끊임없이 지악천의 눈치를 보았다.

그러면서도 얕잡아 묻는 모습에 지악천이 미간을 찌푸렸다.

"거참, 늙은 거지 주제에 아주 예의가 없네. 남는 밥 빌어먹고 살더니 정신이 나갔나?"

지악천의 말에 강성중은 바로 고갤 흔들었고, 그 모습을 지켜보던 청룡대원의 표정이 딱딱하게 굳었다.

청룡대원 역시 지악천이 무림의 예의에 대해서 잘 모른다는 것을 알고 있었다.

하지만 그를 질책하진 못했다.

제아무리 무림이 배분을 중요시한다곤 하지만 결국은 힘의 논리가 우선시되기 때문이다.

또한 지악천은 그가 몸담은 제갈세가에서 아주 중요하게 생각하는 인물이기도 했으니까.

"뭐, 뭐라고?! 느, 늙은 거지?!"

"훗, 그럼, 늙은 거지를 늙은 거지라고 부르지 뭐라 부를까. 거지 주제에 예의도 없지. 식탐도 많지. 별것도 아닌 주제에. 안 그래? 강 형? 거지는 거지답게 살아라."

이미 지악천이 용개를 고깝게 보고 있던 걸 알고 있던 강성중으로선 고개를 흔드는 것 말고는 할 수 있는 게 없었다.

그리고 그 말을 들은 청룡대원의 얼굴은 살짝 붉어지면서 이를 악물었다.

아마도 웃음을 참는 모양이었다.

"노, 놈!!"

용개가 지악천을 보며 붉게 달아오른 얼굴로 소리쳤다.

하지만 지악천은 가볍게 귓구멍을 파는 시늉을 하면서 귓구멍에서 꺼낸 새끼손가락의 붙지도 않은 귀지를 불어냈다.

"거지가 말이야 거지다워야지. 거지가 무슨 상전이야? 그리고 나이를 곱게 처먹어야지. 아. 거지라서 그런가?"

부들부들.

"이노오오옴!"

부들부들 떨던 용개의 노호성이 터져 나왔지만, 지악천의 빈정거림은 그칠 줄 몰랐다.

"이봐, 늙은 거지. 내가 어릴 때 빌어먹어봐서 좀 아는데 거지는 항상 거지다워야 밥 빌어먹고 살아. 그렇게 동냥할 그릇도 없이 갑짜 부리면 굶어 죽거나 멍석말이 당해서 죽는다고 알겠어? 더욱이 그따위 태도로 말이지. 그리고 말이야 내가 아주 거지새끼들을 엄청나게 싫어해. 뭣도 아닌 것들이 대가리 수가 좀 된다고 제 놈들이 뭐라도 된 줄 안다니까? 안 그래? 강 형?"

지악천의 물음에 강성중이 고갤 돌렸다.

강성중으로서도 용개가 심각한 건 알겠는데 웃긴 건 어쩔 수 없는 모양이었다.

"무슨 일이더냐!!"

그때 갑자기 고함 들려오더니 객잔에서 제갈위학이 가볍게 뛰어내렸다.

아마도 용개의 노호성이 방으로 돌아갔던 그를 자극한 모양이었다.

그리고 그가 내려서기 무섭게 처음 용개를 알아봤던 청룡대원이 빠르게 그에게 상황을 간략하게 전음으로 알렸다.

지금 상황을 전해들은 제갈위학은 곧장 용개를 향해서 허리를 숙였다.

"용개 장로님을 뵙습니다. 제갈세가의 셋째 위학입니다."

용개는 일순간에 등장한 제갈위학의 모습에 머리끝까지 차올랐던 뜨거운 피가 일순간에 식었다.

하고많은 이들 중에 하필이면 공공연하게 차기 군사라고 불리는 제갈위학의 등장은 여러모로 곤란했다.

'제갈가 놈이 나온 곳도 저곳이고 놈이 나온 곳도 저곳이다. 그리고…….'

용개는 피가 차갑게 식으면서 나름대로 생각을 정리했다.

청룡대원이 지악천의 눈치를 살핀 것을 포함한 모든 것을 계산에 넣고 머리를 굴렸다.

'놈! 네가 제갈세가의 중요한 사람이구나!'

용개는 그 생각과 동시에 속으로 음흉한 미소를 지었다.

자신이 여기까지 오게 된 이유가 바로 지악천이라는 것을 짜 맞출 수 있었다.

다소 얻어걸린 결과이긴 했지만, 제갈위학의 행동과 그의 표정을 보고 있는 현재 상황이라면 그렇게 정의할 수 있었다.

실제로도 맞기도 했으니까.

"흐음. 그래. 제갈위학. 네가 명석하다는 소문이 자자한 셋째로군. 그런데 네가 왜 여기 있더냐?"

용개는 이미 제갈위학을 자신의 아래라고 인지하고 그를 존중할 생각은 없었다.

그리고 그런 그의 의도는 제갈위학 역시 느끼고 있었다.

그는 안 그래도 답답하고 솟구치는 짜증이 하늘을 찢어발길 것 같은 기분인데 자꾸 이런 일이 생기니 미칠 것 같았다.

"하아……."

평소에는 절대로 하지 않을 한숨을 제갈위학이 내쉬자, 용개의 얼굴을 다시 붉어졌고 지악천은 입꼬리가 올라갔다.

　—제갈 공자. 그냥 저랑 관계된 일이니 제가 처리하도록 하죠. 물론 죽이진 않을 겁니다.

　그 전음이 바로 제갈위학이 한숨을 내쉬기 직전에 그의 귀에 울렸기 때문이었다.

　"용개 장로님. 제가 나설 자리는 아닌 것 같습니다. 이만 물러나갔습니다."

　내가 당신의 밑인데 어찌 제가 나서겠습니까. 그럼 그만 빠지겠습니다.

　라는 말로 용개는 들었다.

　그리고 그 순간 지악천이 제갈위학을 지나쳐 앞으로 나왔다.

　"이봐, 늙은 거지. 이번에는 곱게 기절 안 시켜. 아주 확실하게 버릇을 고쳐주마. 관인의 쓴맛을 제대로 느끼게 해줄 테니까."

　말이 끝나기 무섭게 제갈위학의 전음이 들려왔다.

　—지 포두님. 죽이지만 않는다면 불문으로 묻어두겠습니다.

　그렇게 제갈위학의 전음을 들은 지악천의 입은 아주 활짝 웃고 있었다.

　가지런한 새하얀 치아가 전부 다 보일 정도로.

그리고 그런 지악천의 미소를 정면으로 마주한 용개는 소름이 돋아났다.

'과, 관인? 어……!? 어!'

용개는 어느새 지악천의 손에 들려 있는 곤봉이 눈에 들어왔다.

그리고 거침없이 흔들리는 눈으로 이미 등을 돌린 제갈위학을 바라보고 있었지만, 그의 시야에 그늘이 지기 시작했다.

그 그늘의 원인은 바로 지악천의 곤봉을 들고 있는 팔이었다.

빡!

"크아아악!"

자신의 머리 위로 드리워진 지악천의 그림자를 보고는 곧바로 팔을 들어서 막았지만, 밀려오는 충격이 여간 작지 않았다.

지악천은 애초에 죽일 생각이 없었고, 용개의 뼈 역시 부러뜨릴 생각은 없었기에 적당한 내공을 사용해서 그를 후려친 것이다.

물론 두들겨 맞는 용개의 입장에선 마냥 그렇지 않아서 문제였지만.

빡! 빠악! 퍽! 퍽!

정말 말 그대로 길가에서 지악천은 딱 죽지 않을 정도로만 사정없이 곤봉을 휘둘렀다.

용개는 처음에 막아냈지만 아직도 생생하게 남아 있는 고통 때문에 재차 이어지는 곤봉을 피하지 못하고 두들겨 맞았다.

애초에 피한다고 해도 지악천의 손바닥 안이겠지만 말이다.

그렇게 재차 지악천의 곤봉질에 속수무책을 두들겨 맞던 용개가 결국 다리를 굽혔다.

하지만 지악천의 곤봉질은 멈출 줄 몰랐다.

"거지 따위가! 뭐가 그리! 잘났다고! 콧대를 세우고! 지랄이야! 어!"

퍽! 빡! 퍼억! 빡! 퍽! 퍽!

형산에서 용개를 만났던 일과 제갈천과 지부장으로 쌓인 감정을 오롯이 용개에게 풀어낼 생각인 모양이었다.

용개의 입장에선 정말이지 운이 좋지 않았다.

형산에서도 그랬고 지금도 말이다.

한편 지부장의 말대로 그를 기다리면서 술을 퍼마시고 있지 않던 전귀는 이내 소란스러움을 느꼈다.

그리고 그 소란스러움에 귀를 기울였다.

쾅!

바깥의 소란스러운 이야기 중에 그게 벌떡 자리에서 일어나게 하는 말이 들렸다.

'자, 잡혀갔다고? 포두에게?'

꿀꺽.

그는 선 상태로 고민해야 했다.

이대로 도망칠 것인가 아니면 지악천을 찾아가 자수해서 광명을 찾을지.

아직 의뢰를 실행한 것이 아니라서 방면될 확률도 없지 않을 수 있다는 생각이 들기도 했다.

하지만 지악천의 성향을 모르는 이상은 도망치는 것 이상으로 좋지 않을 수도 있다는 생각 역시 하고 있었기에 그는 갈팡질팡할 수밖에 없었다.

'어쩌지?'

전귀는 고민을 거듭했지만 딱히 결론이 나오지 않았다.

그렇게 그가 시간을 끌고 있을 때 황금루의 내부는 사람들이 부산스럽게 움직이고 있었다.

그들 역시 전귀와 비슷한 고민을 하는 모양이었다.

그 고민의 내용은 다소 달랐지만.

그런 그들의 소란스러움을 뒤로 한 채로 전귀가 결정을 내렸는지 굳은 표정으로 밖으로 나갔다.

전귀가 황금루를 빠져갔지만 누구도 그를 붙잡거나 하지 않았다.

그들은 자신들의 살길을 찾기 바빴다.

황금루에서 밖으로 나온 전귀는 주위를 두리번거렸다.

혹시나 누군가가 자신을 데리러 올까 봐서.

하지만 주위에는 사람들이 한 방향으로 몰려가고 있었다.

그것도 한껏 들뜬 표정들이었다.

"지 포두님이 어떤 거지랑 싸우고 있대! 구경 가자!"

황급하게 뛰어가는 그들의 말에 전귀는 다시금 고민했다.

지금 도망치면 살 수 있을지도 모른다는 희망. 하지만 자신이 수배될 수도 있다는 불안감이 엄습했다.

그리고 이제까지 자신이 맡겨둔 여러 전장에 쌓인 돈…… 그것이 그의 발을 붙잡았다.

정말 수배된다면 전장들은 전귀가 맡긴 돈을 돌려주지 않을 확률이 높았다.

실제로 그런 경우고 왕왕 있었고 그런 일로 전장에서

행패 부리는 이들을 자신이 상대했기도 했었으니까.

'씨발!'

그가 선택할 수 있는 것은 결국 하나뿐이었다.

지악천에게 자수하는 것뿐이었다.

전귀는 자포자기한 상태로 천천히 앞서간 이들이 간 방향으로 걸음을 옮겼다.

그렇게 천천히 걷는 와중에 그의 귓가에 먼 거리였지만, 선명하게 들리는 소리가 있었다.

퍽! 퍽! 퍽!

이런 소리는 보통 침구류를 털어낼 때 들리는 소리와 비슷하다고 생각하기 마련이지만, 전귀는 그 소리 속에 담긴 사람의 피부를 타격하는 소리가 같이 들려오는 걸 들었다.

'설마 아직도 때리고 있단 말인가?'

그는 이내 수많은 인파가 둘러싸인 곳을 헤집어서 앞으로 나가자 무릎을 꿇은 거지와 지악천의 모습이 보였다.

퍽퍽!

전귀는 정말 말 그대로 거침없이 곤봉으로 거지의 전신을 쉴 새 없이 두들기는 지악천의 모습이 무섭게 다가왔다.

자신의 모습이 거지에게 투영되는 상상까지 하니 전신에 식은땀이 솟구쳤다.

식은땀이 나면서 전신이 살짝 떨리는 가운데 전귀의 시선이 지악천에게 맞고 있는 거지에게로 향했다.

보통 저런 매질을 당하면 고통에 찬 비명을 지르기 마련인데 거지는 비명 하나 없이 버티는 것처럼 보였다.

하지만 그것은 전귀의 착각에 불과했다.

전귀가 도착하기 전부터 매질을 당하고 있던 용개는 매질을 당하는 와중에 비명을 지르자 지악천의 매질 강도가 미묘하게 세지는 느낌을 받고서 꾹 참고 있었을 뿐이었다.

더군다나 지악천의 매질은 아주 노련하고 기절조차 하지 못하게 고통만 주었다.

그런 노련한 매질을 지켜보는 전귀의 긴장감은 더욱 강해졌다.

그리고 쉼 없이 이어지는 지악천의 매질에 당하는 용개의 모습에 전귀는 매우 심란했다.

까닥 잘못하면 자신이 저 꼴이 될 수 있다는 생각이 더욱더 강해졌다.

하지만 그렇다고 도망치기에는 여러 전장에 퍼져 있는 자신의 돈이 발목을 붙잡았다.

그렇게 한참을 매질하던 지악천의 곤봉이 드디어 멈췄다.

정작 매질을 한 지악천은 당연하게도 전혀 지친 기색 하나 없었다.

매질할 때 내공을 전혀 쓰지 않았기에 지칠 리가 없었다.

만약에 지쳤다면 지악천의 몸에 뭔가 문제가 있다고 봐야 했다.

만약에 용개가 내력을 일으켜서 몸을 보호하여 지악천 역시 내력을 사용했다면 지쳤겠지만 말이다.

그렇게 지악천이 매질이 끝나고 사람들이 뿔뿔이 흩어질 때 슬쩍 자리를 떠나려고 했던 전귀의 귓가에 전음이 울렸다.

—어딜 가시나? 설마 돌아가려고? 나한테 용건이 있어서 온 거 아닌가?

쭈뼛!

그 전음의 주인공은 당연하게도 지악천이었다.

지악천은 용개를 한창 두들겨 패고 있을 땐 몰랐다.

하지만 전귀를 알아본 사람이 있었다.

바로 강성중이었다.

강성중은 인파를 헤치고 전귀가 모습을 드러냈을 때

부터 그를 지켜보고 있었다.

그간 지부장의 뒤를 밟으면서 전귀가 그와 만났다는 사실을 알고 있었다.

그렇게 강성중은 지악천이 용개를 두들기는 동안 전귀의 표정을 보고 있었다.

그리고 그의 심정이 어떤지 읽을 수 있었다.

그런 전귀를 보고서 강성중은 매질의 강도가 점차 약해질 때 지악천에게 알린 것이다.

낭인 전귀가 있다고 말이다.

지악천의 전음에 돌아섰던 전귀의 발이 다시금 돌아섰다.

"하하……."

손으로 뒤통수를 매만지며 멋쩍은 웃음과 함께.

척.

지악천은 자연스럽게 전귀에게 다가가 그의 어깨에 팔을 얹었다.

"우리가 할 얘기가 많겠지? 가자고."

그렇게 지악천은 전귀와 함께 현청으로 향했다.

第 三 十 章 ─ 개방과 흑연

　지악천은 전귀를 현청에 있는 자신의 집무실로 데려
와 많은 이야기를 전해들을 수 있었다.

　물론 그 이야기의 중심은 자신들이 잡아들인 지부장
에 관한 이야기 위주였긴 했지만, 그 정도로도 충분했
다.

　전귀의 인생사까지 궁금하진 않았으니까.

　"흐음…… 이렇게까지 협조를 하겠다는 건 방면을 해
달라는 뜻 같은데 맞나?"

　"헤헤……."

지악천의 물음에 전귀는 실없는 웃음으로 답했다.

그런 요구를 대놓고 할 정도로 전귀의 인생사가 녹록치는 않았으니까.

"음…… 그래도 그냥 넘기면 모양새가 좋지 않겠지? 네 낭인 생활에도 말이야."

"헤헤. 저야 포두님께서 하자는 대로 합죠!"

전귀의 표정은 간이고 쓸개고 다 내줄 듯했지만, 지악천은 그것이 거짓임을 알 수 있었다.

이런 부류의 인간은 자신의 생존에 걸린 일이라면 배신을 밥 먹듯이 해댈 유형이었으니까.

어차피 지악천이 그를 어떻게 할 방법은 없었다.

단지 전귀 스스로가 겁을 잔뜩 집어먹은 상태였기에 그런 저자세로 나올 뿐이었다.

'어차피 처벌할 구실도 없어. 그리고 사실을 실토했다고 해서 괘씸죄로 처벌하는 것도 웃긴 노릇이지. 또한 주범도 잡은 상태니까.'

지부장이야 전귀의 증언을 가지고 어떻게든 처벌할 수 있다.

오히려 지악천이 전귀에게 고마운 마음을 가져야 할 상황이었다.

물론 지부장을 '포두'로서 처벌을 할지 말지는 좀 더

고민이 필요한 부분이기도 했다.

물론 그 고민은 당장 할 필요가 없었다.

제갈위학이 그에게 얼마나 많은 정보를 뽑아낼 수 있을지가 관건이었다.

"흐음……. 당신 말이야. 낭인을 몇 년이나 했다고?"

"헤헤. 운 좋게 기연으로 얻은 무공으로 올해가 딱 20년 차입니다."

전귀의 말에 지악천이 턱을 쓰다듬으면서 생각했다.

'쓰읍, 딱 진호의 수련 상대로 딱 맞긴 하겠는데…….'

움찔.

전귀는 턱을 만지며 자신을 바라보는 눈빛이 마치 자신을 어떻게 처리할까 고민하는 듯 보인 모양이었다.

털썩!

"제, 제발! 목숨만은!!"

전귀는 앞서 지악천이 용개를 쥐 잡듯이 두들기는 모습이 아직도 뇌리에 생생했기에 두려운 마음에 무릎까지 꿇었다.

쿵!

"제, 제발!"

이젠 한술 더 떠서 이마를 바닥에 부딪치며 말하자 지

악천은 고갤 흔들었다.

"됐고 일어나. 쓸데없이 바닥에 머릴 박고 있어. 바닥 깨진다."

지악천은 전귀의 이마보다 바닥이 깨지는 걸 더 걱정했다.

절정 무인이 이마를 바닥에 좀 찍는다고 해서 죽진 않을 거니 당연한 반응이었다.

"전귀…… 아니, 이름이 뭐라 했지?"

"헤헤. 후포성입니다."

"후포성. 어차피 그냥 막 풀려나면 위험하다는 것쯤은 알고 있겠지?"

끄덕끄덕.

지악천의 물음에 후포성이 거침없이 고갤 끄덕였다.

"그러면 말이야. 그렇다면 이곳에서 지내야 하는데. 그 사이에 네가 해줬으면 하는 일이 있는데 어떻게 할래?"

지악천의 제안에 후포성의 눈알이 또르르 굴렀다. 하지만 이내 고갤 끄덕였다.

"하, 하겠습니다."

후포성에게 선택지는 존재하지 않았다.

평생 흑연의 살수에 쫓겨 살고 싶지 않았으니까.

지악천은 후포성의 말에 미소를 지었다.

"나가지. 소개해줄 사람이 있으니까."

지악천은 후포성을 데리고 밖으로 향했다.

그리고 그들이 향한 곳은 차진호가 있는 곳이었다.

차진호 역시 최근 들어 깨달은 것들을 체득하기 위해서 수련에 열중이었다.

"저기 보이는 포두 있지? 쟤 이름이 차진호야. 쟤를 상대해줬으면 해."

"……?"

후포성은 지악천의 말을 이해하지 못했다는 듯이 두 눈을 껌벅거렸다.

"죽이거나 그러는 게 아니고 그냥 수련 상대나 해주라고. 여기서 지낼 동안. 알겠어?"

"아……. 예엡! 아무렴요! 최선을 다하겠습니다."

무슨 말인지 이해했다는 듯이 고개를 마구 끄덕이며 말하는 후포성의 모습에 지악천이 고개를 흔들었다.

"아니, 최선을 다하라는 말이 아니야. 가르치라는 거지. 낭인들의 싸움 전반을. 만만하게 보면 큰코다칠걸? 그리고 너 내공 제한할 거야. 위험할 수도 있으니까."

"예? 아니…… 그게……."

"그게? 뭐? 싫다고? 그럼 나가든가."

지악천의 말에 후포성의 이마에 겨울날에도 불구하고 땀이 송골송골 맺히기 시작했다.

"아니, 그것이 아니고 내공을 제한한다는 게 좀⋯⋯."

"뭐가? 쟬 보고도 모르겠나? 쟨 내공이 전혀 없는데 그런 사람을 상대로 내공을 쓰겠다고? 에이 그건 아니지. 내가 차차 풀어줄 테니까 걱정하지 마. 누가 영원히 막아둔데? 풀어준다니까? 불만이면 나가든가."

말이 끝나기 무섭게 지악천이 손으로 현청의 정문을 가리켰다.

만약 이 상태로 후포성이 멀쩡한 모습으로 밖으로 나간다면 정말 밀고자로 오인될 소지가 충분했다.

물론 실제로 전부 다 말하긴 했지만.

지악천이 그의 돈줄을 쥐고 있다면, 흑연은 그의 목숨을 쥐고 흔들 수 있었기에 이미 그는 다시는 돌아갈 수 없는 강을 건너가 버린 상태였다.

그리고 그 돌아갈 수 없는 강을 건너가 버렸다는 사실을 깨달았지만 아무 소용없었다.

이미 후포성은 지악천의 손바닥 위에서 버둥거릴 뿐이었다.

"어떻게 거야? 나갈 거야? 아니면 여기서 재랑 대련할 거야? 빨리 골라. 뭘 골라도 나는 뭐, 크게 상관없으니까. 다만 선택만 빨리해줬으면 좋겠네. 이렇게 시간을 보낼 순 없으니까."

지악천의 독촉에 결국 후포성은 고개를 푹 숙였다.

"꼬, 꼭! 풀어주셔야 합니다."

"에헤이. 설마 포두가 되어서 거짓말을 할까. 사태가 정리되면 그때 풀어줄 테니까. 어차피 걔들은 네가 여기 있는지도 모를 텐데 뭐, 아마도 그냥 도망갔다고 생각하겠지."

확실히 지악천의 말대로 남악에 잠복하고 있던 흑연의 인물들은 지부장이 잡혔다는 소식에 혼비백산 상황이니 누구 하나 후포성에게 신경 쓸 겨를이 없었다.

다들 제 살길 찾기 바빴으니까.

"자, 그럼. 일단 금제부터 해볼까?"

꿀꺽.

지악천의 말에 후포성의 목울대가 크게 움직였다.

단전은 무인에게는 목숨과도 같았기에 세심해야 했다.

하지만 지악천의 표정은 무심함 그 자체였다.

툭, 푹, 톡톡, 꾸욱.

지악천은 무심한 표정으로 후포성의 혈도들을 점혈하면서 그의 단전이 활동하는 것을 제한하기 시작했다.

　그 행위는 수차례 더 이어진 후에야 끝났다.

　"아. 그리고 잘 알고 있겠지만, 금제 강제로 풀려고 했다간 다신 단전 못 쓸 수도 있다. 알겠지?"

　그 말에 후포성의 고개가 빠르게 위아래로 흔들렸다.

　그의 표정을 보아하니 절대로 그런 일은 일어날 것 같지 않아 보였다.

　"가지. 소개해 줄 테니까."

　지악천의 말에 후포성은 목줄 걸린 개가 끌려가는 듯한 표정으로 그의 뒤를 따라붙었다.

　차진호는 누가 왔는지도 모를 정도로 봉황등천식에 온 정신이 집중한 상태였기에 전혀 몰랐다.

　결국 둘은 차진호가 끝낼 때까지 기다려야 했다.

　부웅, 후우웅!

　차진호의 동작에는 분명 내공이 담겨 있지 않았지만, 동작 하나하나에 분명 묵직한 힘이 들어가 있었다.

　그런 차진호의 모습에 후포성은 불안한 눈으로 지악천을 바라봤다.

　"저기…… 정말 무공을……."

"무공을 안 배운 게 맞냐고? 내가 말하지 않았나? 내공이 전혀 배운 적 없다고 했지. 무공을 익히지 않았다고 한 적은 없던 거 같은데?"

"……."

기억을 더듬은 그는 확실히 지악천은 자신에게 전혀 그런 말을 한 적이 없다는 걸 깨달았다.

"그렇다면 외공입니까?"

"맞아. 외공. 그러니까 실전 감각을 다듬어주면 돼. 낭인들이 어떻게 무길 쓰는지 보고 느낄 수 있게."

"쩝……."

후포성은 겉으로 보이는 차진호의 수준이 그다지 썩 낮아 보이지 않았다.

오히려 자칫 잘못하면 자신이 당할 수도 있다고 생각할 만큼.

그렇게 차진호가 멈춰서 숨을 고르기 시작했다.

"후우, 후우."

"다 했냐?"

"어, 오셨…… 누구?"

"안 그래도 소개해주려고 했다. 이쪽의 이름은 후포성. 낭인이고 별호는 전귀."

지악천의 소개에 후포성이 살짝 조심스럽게 차진호를

보며 고갤 끄덕였다.

"후포성이라고 합니다."

"예…… 차진호입니다. 직책은 포두입니다."

"예, 예."

묘하게 후포성이 저자세이기에 지악천을 바라보자 그는 가볍게 어깨를 으쓱거렸다.

"자자, 쓸데없는 궁금증은 접어두고 짧으면 며칠, 길면 한 달여 동안 너의 대련 상대가 돼줄 사람이다."

"예?"

"놀라긴, 이름 꽤나 날린 낭인 같으니까 전력을 다해라. 딱 닷새 준다. 닷새 안에 못 이기면 지금 하는 수련의 양을 배 이상으로 늘린다. 알겠지? 무조건 하는 거야. 재고 말고 할 것도 없이."

다소 막무가내로 밀어붙이는 지악천에 차진호는 정신이 없었다.

갑자기 대련이라니 당혹스러울 만했다.

"뭘 당황해? 당황할 필요 없어. 어차피 둘 중 하나는 개고생을 할 테니까."

그 말과 함께 지악천이 옆에 있는 후포성을 쳐다봤다.

그리고 후포성의 표정은 썩 좋지 않았다.

내공을 쓰지 못하는 이상은 정말 죽기 살기로 하지 않으면 당하는 건 자신이 될 것이 뻔했으니까.

"끄으으응."

지악천에게 호되게 두들겨 맞은 용개는 힘겹게 아주 작은 토굴로 돌아온 상태였다.

그곳은 개방소속인 거지들이 마련한 곳이었지만, 정작 개방에 소속된 거지는 둘뿐이었다.

애초에 남악이 중요한 곳도 아니기도 했지만 다른 이유가 더 컸다.

일전에 지악천이 대거 관졸을 차출하면서 개방소속은 아니지만 거지들을 포함해서 대거 채용했기에 있던 거지들마저 없어진 것이다.

'무슨 놈의 매질이⋯⋯.'

지악천의 곤봉질은 아직도 용개의 뇌리에 선명하게 남아 있을 정도였다.

운기를 하면서 고통을 덜어내려고 했지만, 고통이 이상할 정도로 쉬이 가시지 않았다.

그렇게 운기조식을 하던 용개가 눈을 뜨자 그의 앞에는 거지 두 명이 보였다.

그들의 허리춤에는 어떠한 표식도 없는 걸 보니 기명

제자는 아닌 듯했다.

"크으흠! 먹을거리는 좀 있더냐?"

아무래도 운기로 회복이 안 되니 용개는 아예 푹 쉬어서 회복할 생각인 모양이었다.

"그, 그게……."

용개의 물음에 기다리고 있던 거지들이 내미는 것은 표주박에 이것저것 막 엉망진창으로 담긴 것들이었다.

그리고 그걸 본 용개는 인상을 찌푸렸다.

그럴 수밖에 없는 게 용개가 저렇게 얻어온 것들로 식사를 해본 지 너무나 오래된 탓이었다.

장로가 된 이후로는 어딜 가든 대접받았기에 빌어먹을 필요가 없었던 탓이었다.

"끄응! 이걸 가지고 먹을거리 좀 사 오거라! 한 명은 남고. 묻고 싶은 것이 있으니."

용개가 한 거지에게 건넨 것은 은자 한 냥이었다.

그렇게 은자 한 냥을 두고 눈치를 보던 두 거지 중에 그나마 어린 거지가 남았다.

"놈에 대해서 아는 대로 말해 보아라. 숨기지도 말고 더하지도 말고. 네가 알고 있는 것들만 말하면 된다."

어린 거지는 용개의 말에도 일순간 고민에 빠졌는지 쭈뼛댔다.

"조, 좋은…… 사람입니다."

거지의 말에 용개의 눈썹이 역팔자로 휘었다.

"뭐!? 좋은 사람? 그놈이!?"

일순간 용개의 목소리가 커지자, 어린 거지는 더 움츠러들었고 그를 바라보는 시선에 두려움이 깃들었다.

"가, 갈 곳 없고 비, 빌어먹는 거지들에게 이, 일자리를 만들어준 사, 사람입니다. 지, 지악천 포두는…… 그, 그리고 과, 관졸이 된 이들로부터 도, 도움도 많이 받았……."

어린 거지가 말을 끝까지 하려고 했지만, 용개가 손을 흔들자 곧바로 입을 닫았다.

"됐다. 됐어."

불쾌한 기색을 내비치던 용개는 자신이 두들겨 맞던 상황을 떠올렸다.

아무도 지악천을 막아서지 않았던 상황.

주위에 그렇게 많은 이들이 있었음에도 말이다.

충분히 누군가가 말릴 만도 했지만 누구도 나서지 않았던 이유가 그들이 동정심이 없는 게 아니고 지악천에게 있었다면 모든 게 이해가 됐다.

남악에서 지악천이 쌓은 인상은 호인(好人)이라는 것을.

물론 용개 자신이 판단하기에는 똥물에 튀겨 죽일 놈이었지만.

그렇게 이런저런 생각을 하다 보니 돈을 주고 시켰던 거지가 한 아름 음식을 사서 돌아왔다.

* * *

이런저런 일이 터지고 닷새가 지났을 때 제갈위학이 지악천을 찾아왔다.

"그렇군요. 제갈천은 결국 제갈세가로 돌아가는군요."

"예. 녀석은 이제 세가 밖으로 한 걸음도 벗어나지 못할 겁니다. 그리고…… 같이 잡아 온 놈은 아직도 입을 다물고 있는 상황입니다. 분명 흑연이라면 더더욱 말을 하지 않으려고 하겠죠."

"어떻게 하시겠습니까? 저에게 넘기시겠습니까? 아니면……?"

"일단은 며칠 더 두고 보겠습니다. 아직 해보지 못한 것들 몇 가지 있으니."

그 말을 하는 순간 제갈위학의 눈이 차갑게 빛났다.

그 눈빛을 본 지악천은 제갈위학의 숨겨진 이면을 본

듯했다.

"그렇게 하시죠. 하지만 아시죠?"

지악천의 말은 죽이진 말고 최대한 멀쩡하게 보내 달라는 뜻이었다.

그리고 그걸 알아들은 제갈위학은 고갤 끄덕였다.

"아무렴요. 그리고 아마 제갈청하와 청운이가 다시 돌아올 것 같습니다. 세가에선 그것이 좋을 거라 판단한 모양입니다."

"저야 안면이 있는 사람들이 좋죠. 제갈세가의 배려에 감사드린다고, 전해주세요."

"알겠습니다. 아, 그리고 어제 그가 찾아왔었습니다."

"그?"

고갤 갸웃거리는 지악천을 본 제갈위학이 정정했다.

"아, 개방의 용개 장로 말입니다. 그때 지 포두께서 두들겨 팼던."

"아. 혹시 저에 대해서?"

"예. 그리고 그의 소속이 개방인 만큼 어차피 조사하는 데는 시간이 필요할 뿐이라……."

말끝을 흐렸지만 듣지 않아도 충분히 알아들을 만했다.

"뭐, 괜찮습니다. 평생 숨어 살 것도 아닌데 어쩔 수 없는 노릇 아니겠습니까. 하지만 그때 그 일로 제갈세가와 불편해지는 거 아닙니까?"

"당시의 상황은 용개 장로도 알고 있는 일이니 저희에겐 그다지 문제 될 부분은 없습니다. 어차피 저희 세가와 개방은 척을 질 수 없는 사이이니까요. 하지만 당분간은 자제하시는 것이 좋지 않겠나 싶습니다만, 상황이 여의치 않을 수도 있습니다."

"상황이 여의치 않다는 것은 흑연 때문이군요?"

"예. 이미 그들이 만들었던 사업체 중 가장 주력이라고 할 수 있는 홍등가의 전반이 문을 닫고 잠적한 상태였으니 분명 문제가 생길 겁니다."

"하긴, 적은 돈을 투자한 것이 아닐 테니 그럴 수 있겠군요."

"예. 아마도 그럴 확률 높을 겁니다. 어떻게든 회수하거나 운영해야 하니 결국은 결판을 내거나 협상을 하려고 할 겁니다."

제갈위학의 목소리에는 적잖은 적개심이 녹아 있었다.

아마도 그 적개심의 원인은 제갈천으로 보였다.

"그렇다면 제갈세가에서 원하는 방향이 있겠군요. 그

들과 협상을 하든지 아니면 전면전을 하든지."

지악천의 말에 제갈위학은 쓴웃음을 지었다.

"예. 맞습니다. 제 개인적인 의견은 싸웠으면 좋겠지만, 세가에선 굳이 무리하진 않겠다는 방침입니다. 물론 그것은 지 포두님의 선택에 달렸겠지만요."

말을 하면서 제갈위학은 속내를 숨기지 않았다.

그런 제갈위학의 의도를 생생하게 느낀 지악천은 솔직히 어떤 선택을 해도 상관없다고 생각했다.

"일단 가봐야 알겠지만, 결국은 상대의 태도에 따라서 달라지지 않겠습니까."

굳이 무리할 필요가 없다는 말을 돌려 말하는 지악천의 말에 제갈위학은 그렇게 말할 줄 알았다는 듯이 고개를 끄덕였다.

제갈위학이 판단한 지악천은 어지간해선 무리한 선택을 하진 않는 사람이었다.

그렇기에 상대가 무리하지 않는 이상 자신이 원하는 결과가 나오지 않을 것을 알았다.

"그렇군요. 알겠습니다. 아, 그리고 용개 장로가 한 번쯤 찾아올 수도 있을 겁니다. 겉으로는 멀쩡한 척해도 꽤나 불만이 많아 보이긴 했으니까요."

"뭐, 어떻게든 되겠죠?"

제갈위학의 말에 지악천은 가볍게 어깨를 으쓱하며 능청스럽게 답할 뿐이었다.

"알겠습니다. 이만 돌아가 보겠습니다. 지 포두님. 다음에 청하와 청운이 오면 다시 뵙죠."

"예. 그러면 다음에. 멀리 나가진 않겠습니다."

지악천의 말에 제갈위학은 가볍게 미소를 지으며 나갔지만, 그의 미소에는 차가움이 담겨 있었다.

당연히 그 불만은 지악천을 향한 것이 아니었다.

너무 똑똑하기에 결국 그 원죄를 찾아가니 자연스럽게 흑연에 닿았을 뿐이었다.

또한 경고를 해줘도 멍청한 짓을 벌인 것은 제갈천의 선택이었고 결과는 오롯이 그의 몫이었다.

그걸 지악천의 탓으로 돌린다면 그야말로 멍청한 짓이었다.

다만, 흑연의 탓으로 돌린 것은 화풀이할 대상이 필요했을 뿐이었다.

"후……."

가볍게 숨을 내쉰 제갈위학은 이미 밖으로 나온 현청을 한번 돌아보고서 다시 길을 걸었다.

그때의 그의 얼굴은 직전과는 다른 미소가 걸려 있었다.

아주 가벼운 미소가.

제갈위학이 나가자 지악천은 연무장으로 향했다.

오늘이 어쨌거나 말했던 닷새가 되는 날이기에 둘을 보기 위해서.

태애앵! 깡! 탱탱!

연무장이 보이는 자리에 올라선 지악천은 격렬하게 자신들의 무기를 앞세워 쉼 없이 휘두르고 있는 차진호와 후포성이 보였다.

대련을 시작한 지 많은 시간이 흘렀는지 한겨울임에도 불구하고 둘의 몸은 열기와 함께 축축한 땀으로 범벅된 상태였다.

그만큼 둘은 한 치의 물러섬 없이 임하고 있다는 방증이었다.

첫날과 둘째 날까지는 당연히 후포성이 압도적으로 밀어붙였다.

사실상 후포성의 임기응변에 허우적거리던 차진호였다.

그렇게 이틀을 고생한 차진호가 변한 것은 대련을 시작하고 나흘째 되던 날이었다.

셋째 날까진 지지부진했던 차진호의 변화는 간결한 정석이었다.

변화에 응한 후포성의 임기응변에 차진호의 간결한 정석은 정말로 안성맞춤이었다.

넷째 날부턴 차진호가 후포성으로부터 타격당하는 횟수가 첫날에 비하면 압도적으로 줄어들었다.

그런 차진호의 발전 속도는 쭉 지켜보던 지악천은 당연히 알고 있었던 부분이었으나, 처음 접한 후포성에게는 두려움을 심어줄 정도였다.

나름대로 무림에서 굴러먹던 후포성은 차진호 같은 이를 본 적도 들어본 적도 없었다.

그만큼 차진호의 경우가 너무나도 특이했으니까.

나이도 나이지만, 발전과 적응하는 속도만큼은 후포성이 혀를 내두를 수밖에 없었다.

또한 봉황등천식이라는 묘한 외공까지 곁들여지니 대단하다고밖에 할 말이 없었다.

지악천이 왜 자신을 차진호에게 붙였는지 이해할 수 있었다.

정말 여기서 더 많은 경험을 쌓게 된다면 자신이 내공을 오롯이 쓰게 된다고 하더라도 쉽게 이길 수 없을 정도가 될 수도 있겠다는 생각을 했던 후포성이었다.

탱! 깡! 깡! 태앵!

차진호의 쇠봉과 후포성의 검이 거칠게 부딪히길 반

복했다.

상하좌우를 가리지 않고 각자의 무기를 움직이기도 했지만, 둘의 나머지 손발 역시 바쁘게 움직이고 있었다.

상대의 빈틈을 보면 여지없이 둘은 발과 손을 뻗으며 상대의 다음 동작을 제지하기 바빴다.

그 순간 차진호의 동작에 변화가 생겼다.

지금까지 간결한 동작으로 견제와 방어 위주였다면 지금의 변화는 정반대였다.

바로 지악천을 상대할 때 보여줬던 동작들이 펼쳐지기 시작했다.

변화무쌍한 공격 일변도에 후포성과의 대련의 경험이 종합된 공세가 펼쳐졌다.

"헙!"

갑작스럽게 돌변한 차진호의 변화에 후포성이 밀리기 시작했다.

사실상 줄곧 우위를 점하던 후포성으로서는 차진호가 임기응변까지 거의 완벽하게 대응하니 손은 어지럽게 움직일 수밖에 없었다.

그리고 그것은 빈틈으로 이어지기 마련이었다.

지금까지 단 한 번도 적중시키지 못했던 후포성의 몸

에 봉을 정확히 찔렀다.

퍽.

가슴을 찔린 후포성이 두어 걸음을 물러서자 완벽히 차진호의 거리가 완성됐다.

검을 쓰는 후포성과 봉을 쓰는 차진호의 거리는 지금의 상태가 그야말로 최적이었다.

그 순간 차진호의 표정은 호기롭게 변했고, 후포성의 표정은 일그러졌다.

그동안 단 한 번도 벌어지지 않았던 둘의 거리가 벌어지기 무섭게 차진호의 공세가 본격적으로 이뤄지기 시작한 탓이었다.

제공권에 대한 이해는 없지만, 제공권을 본능적으로 유지하는 차진호의 봉황등천식의 위력은 더욱 배가 되어 후포성을 향해서 쇄도했다.

차진호는 봉에 이해도가 늘었는지 봉을 쓰는 방식이 변화무쌍했다.

봉을 길게 잡거나 중심을 잡는 것은 물론이고, 원심력과 회전력을 가미하는 방식까지 능수능란하게 쓰니 그를 상대하는 후포성은 변화무쌍한 공세에 점점 속수무책으로 얻어맞기 시작했다.

불과 닷새 만에 전세가 뒤집혀 버린 것이다.

태앵! 퍼픽! 팡!

세 번에 한 번꼴로 여지없이 타격을 무기력할 정도로 허용하니 좀처럼 거리를 좁힐 수가 없었다.

'젠장!'

거리를 좁힐 만하면 타격을 허용하고 그렇다고 거리를 벌릴 수도 없었다.

내공을 쓸 수 없으니 경공과 보법은 기초적인 활용 말고는 쓸 수 없는 상황이기에 더 심했다.

그렇게 반복적인 상황이 이어지자 결국은 후포성은 두 손을 들면서 항복할 수밖에 없었다.

"졌다. 졌어."

뒤로 물러서서 양손을 들고 항복하자, 차진호도 멈췄다.

승리를 만끽하는 미소를 지으며.

툭.

그런 둘의 사이에 줄곧 지켜보던 지악천이 끼어들었다.

지악천의 시선이 먼저 향한 곳은 후포성이었다.

후포성이 좀 더 차진호를 괴롭혀(?)줬으면 했는데 말이다.

그렇다고 질책할 생각은 없었다.

후포성이 할 수 있는 것을 다했다는 것을 모르지 않았기에 그를 보며 가볍게 고갤 끄덕여줬다.

그리고 다시 차진호를 바라보며 말했다.

"아쉽네. 새롭게 굴려줄까 했는데 이겨버릴 줄이야."

진심이 묻어나는 지악천의 말에 차진호는 다행이라는 듯이 크게 한숨을 내뱉었다.

그 모습을 본 지악천이 비릿하게 미소를 지었다.

"그래도 계속해서 해야겠지? 물론 오늘은 둘 다 좀 쉬고. 내일부터는 봉인했던 내공 3할 풀어줄게."

지악천의 말에 다행이라고 한숨을 내뱉었던 빠르게 차진호의 얼굴은 썩어 들어갔고 반대로 후포성의 표정은 기세등등해졌다.

"아니! 그래도 그건!"

차진호가 뭐라 말을 더 이어가기 전에 지악천이 재빠르게 잘랐다.

"그만. 됐고. 그 이상의 반론은 안 받아. 어차피 다 하려고 했던 거야. 그리고 나도 네가 닷새 만에 이길 줄 몰랐다니까? 그러니 이번에도 똑같이 닷새 줄게. 네가 이기면 5할의 내공. 지면 수련 시간 두 배. 알겠지? 그리고 이번에는 후 낭인에게도 동기부여를 해야지. 닷새 버텨내면 은자 3냥. 어때? 닷새마다 계속 주지. 하지만 지면 다음에는 내공 5할이니 은자 1냥.”

차진호가 뭐라고 말하기도 전에 후포성이 눈을 반짝거리며 소리쳤다.

“좋습니다! 무조건 합니다!”

후포성으로선 어차피 이곳에서 시간을 보내야 했다.

처음에는 원치 않은 대련이었지만 얻은 것이 없진 않았다.

그런데 돈까지 준다니 더없이 그로선 좋을 수밖에 없었다.

저벅, 저벅, 저벅, 휙, 저벅, 저벅, 저벅, 휙.

현청의 인근에서 용개는 고민이 넘쳐흐를 듯한 얼굴을 한 채로 좀처럼 뭔가를 고민하는 듯 주변을 서성거렸다.

‘찾아가? 말아?’

고민이 깊어질수록 그의 표정은 더없이 심각해져 갔다.

용개는 두 가지에 갈팡질팡하고 있었다.

자신을 무자비하게 두들겨 팬 일에 대한 울분과 순순하게 개방도로서의 일.

위 두 가지 일에 대한 고민이었다.

물론 순수한 대의만 따지면 후자를 선택해야 하는 것이 정상이지만, 문제는 용개였다.

엄청나게 속 좁은 인물.

그런 그는 제갈위학과 대화를 떠올리면 무조건 지악천을 만나 차분하게 대화를 나눠서 성향을 알아봐야 했지만, 일전의 일을 떠올리면 쉽게 다가갈 수가 없었다.

지악천에게 두들겨 맞은 고통이 아직도 뼈를 시큰거리게 하고 있기에 그걸 무시하기에는 그의 속이 너무나도 좁았다.

그렇다고 자신의 마음대로 하기에는 제갈위학과의 대화가 너무나도 걸렸다.

일개 포두가 그런 무위를 가진 것도 환장할 노릇인데 제갈세가에서 지켜보고 있다고 하니 섣불리 나설 수도 없는 노릇이니 답답했다.

그렇기에 현청의 인근까지 왔지만 결정을 내리지 못하고 있었다.

'실수하면 제갈세가에 미움을 받을 수도 있다. 자신들의 일을 엉망으로 만들었다고.'

용개는 일반적인 거지답지 않게 호의호식에 대한 미련이 아주 강했다.

때문에 이번 일을 망쳐서 장로직에서 쫓겨나기라도 한다면 주변에서 그를 가만둘 리가 없다는 것을 모르지 않았다.

그렇기에 그는 고민에 고민을 거듭하면서 여기까지 온 것이다.

자신의 행동으로 인해서 자신의 호의호식이 끝날 수도 있기에.

'도대체 어디서 그런 놈이 나타나서…… 에잉! 그렇다고 계속해서 조사를 안 할 수도 없고.'

그는 제갈위학을 만나기 전후로도 꾸준히 지악천에 대해서 조사를 해봤지만, 딱히 나오는 것이 없었다.

누구도 지악천이 누군가에게 배움을 받았다는 것도 모르고, 대부분이 포두가 된 이후에는 주변에 보여주는 모습은 '호인' 그 자체라고 하니까 말이다.

'호인? 개 부랄 만도 못 한 개소리! 그딴 놈이 무슨 놈의 호인이야!'

당시에 조사하고 나서 느낀 부분이었다.

용개는 절대로 지악천이 호인이라고 생각지 않았다.

용개의 기준에선 지악천은 개 부랄 만도 못 한 종자였으니까.

그렇다고 주변의 평판을 무시할 수 없는 노릇이었다.

하물며 제갈세가까지 호의적인 상황이었으니까 말이다.

용개로서는 제갈세가의 지악천을 향한 무한한 호의를 도무지 이해할 수 없었다.

최소한 그런 결정을 내릴 수 있는 사람은 제갈세가에서 둘뿐이라는 것을 용개는 잘 알고 있었다.

'쯧, 도대체가 제갈세가의 가주와 제갈군 군사는 무슨 생각인지 모르겠고. 빌어먹을.'

자신보다 명성과 끗발이 높은 제갈세가의 가주와 무림맹의 군사인 제갈군을 용개는 이해할 수 없었다.

그렇게 한참을 서성거리던 그의 눈에 현청 밖으로 나오는 지악천이 들어왔다.

그리고 지악천 역시 서성이는 용개의 기척을 진즉부터 느끼고 있었기에 그를 바라봤다.

마치 뭘 쳐다보냐는 듯이.

고까운 지악천의 시선에도 용개는 좀처럼 결정을 내리지 못하고 주저했다.

하지만 이내 그에게 다가갔다.

"커험!"

지악천과 시선이 마주친 용개는 자신의 어색함을 떨쳐내기 위해서 헛기침까지 했지만, 왠지 모르게 마주보는 게 힘들었다.

일전에 두들겨 맞은 것이 뇌리까지 박힌 모양이었다.

"늙은 거지. 무슨 일이지?"

지악천은 제갈위학이 용개가 찾아올 수도 있다고 했기에 고의로 냉랭하게 말했다.

용개는 그런 지악천의 모습에 움츠러들었다.

"그, 그, 그……."

"그그그? 할 말 없으면 갈 길 가라. 늙은 거지."

지악천의 말에 우물쭈물하는 용개의 모습은 우스꽝스러웠다.

그런 그를 보며 말한 지악천이 걸음을 옮기자 용개가 결국 힘겹게 입을 뗐다.

"자, 잠깐. 얘, 얘기 좀…… 하, 하지."

말을 하는 용개의 시선은 차마 지악천을 바라보지 못하고 내리깔고 있었다.

* * *

창문으로 밝은 빛이 들어오는 공간에는 두 사내가 자리하고 있었다.

한 사내가 곰방대를 물고 임박으로 연신 연기를 뿜어

내고 있었다.

그런 그의 손에는 한 장의 서신이 들려 있었다.

"이게 전부?"

그의 물음에 답을 한 것은 얼굴에 긴 자상이 있는 사내였다.

"예. 급하게 보낸 모양입니다. 대부분 도망치거나 명령을 기다리는 듯합니다."

그의 말에 곰방대를 물고 있는 사내의 표정이 사납게 일그러졌다.

"도망친 놈들 전부 잡아라. 그리고 기다리고 있는 애들에겐 일단 현상 유지하라고 해. 고작 지부장 따위가 잡힌 것으로 허둥대지 말고 대놓고 한통속이라고 알릴 생각인가? 그리고 붙잡힌 놈 이름이 뭐지?"

"'도치'라고 합니다."

"도치? 기회를 봐서 죽여. 살려두면 골치 아플지도 모르니. 그리고 제갈세가에 따로 연락을 보내. 우리 쪽에서 실수한 게 아니고 놈이, 도치 놈이 욕심을 부린 거라고. 굳이 전면전을 치르지 말자고 말이야. 후읍."

그 말과 함께 곰방대를 입에 댄 그가 입 밖으로 새하얀 연기를 뿜어냈다.

"그리고 여기에 언급된 포두라는 놈 정체가 뭐야? 무

인이야? 아니면 말 그대로 포두인 거야?"

"……."

그 역시 적혀 있는 것 말고는 모르기에 침묵했다.

하지만 그것이 마음에 들지 않는지 곰방대를 문 사내
가 인상을 찌푸렸다.

쾅!

"다시 조사해 와. 위험인물이면 죽이든 회유를 하든
해야 하니. 회유 가능성도 함께."

"알……."

그가 대답하려는 순간 곰방대를 문 사내가 말을 끊었
다.

"그럴 필요가 없겠군. 자네가 가. 이참에 공석이 된
자리를 새롭게 정해지기 전까지 자네가 가서 확실히 정
리해."

"하지만……."

반론을 꺼내려는 사내의 말에 곰방대를 문 사내가 손
을 들며 고갤 흔들었다.

"네가 무슨 말을 하고 싶은지 알아. 근데 이번 일을 정
리될 때까지는 여기서 움직일 생각 없으니까 안심하고
갔다 와. 그리고 제갈세가와 틀어지면 당분간 숨어야
하니까 애들에게 내릴 지급 명령서 준비해놓고, 제갈

세가에 보낼 애들은 알아서 잘 골라 놔. 멍청한 놈들 말고 그나마 말주변이 있는 애들로. 물론 이쪽 정보를 잘 모르는 애들로 고르고 제갈세가의 답은 가지고 오지 말고 손에 펼쳐서 들고만 있으면 되겠지. 그러면 이쪽이 추적당할 위험도 없을 테니까."

"알겠습니다. 그리 준비하겠습니다. 그래도 혹시 모르니 준비는 해놓겠습니다."

그의 말은 곰방대를 문 사내를 호위할 이들을 말하는 것이었다.

차마 그것까지 물리진 못하겠는지 곰방대를 문 사내는 연기를 뿜으며 가보라는 듯이 손을 내저었다.

그런 그의 손짓에 사내는 허리를 숙였다가 밖으로 나갔다.

그가 나가는 모습을 본 곰방대를 문 사내는 연기를 뿜으며 읊조렸다.

"지악천이라…… 정체가 뭐냐?"

그는 제갈세가에서 관심을 두는 지악천에 대한 짙은 호기심이 피어오르고 있었다.

시간이 흘러 어느새 보름이 지났다.

남악에는 좀처럼 볼 수 없는 눈발이 바람에 휘날리고 있었다.

그 눈발 속에서 지악천은 백촉과 함께 현청의 담벼락 쪽으로 나와 있었다.

폴짝폴짝.

휘날리는 눈을 보고 본능적인 무언가를 느낀 탓인지, 휘날리는 눈발을 보며 백촉이 신나게 뛰다녔다.

그리곤 바닥에 수북하게 쌓인 눈을 한쪽으로 모으기 시작했다.

파파팍, 파파팍.

워낙에 빠른 움직임에 주변의 눈이 한곳으로 모였다.

그렇게 쌓인 눈 위에 올라선 백촉이 눈을 꾹꾹 눌렀다.

콱, 콱, 콱.

흡사 땅을 단단하게 다지는 듯한 모양새였다.

그런 백촉의 모습에 지악천은 흥미로운 눈으로 백촉이 뭘 하려는지 구경했다.

그렇게 한동안 눈을 단단하게 다지던 백촉은 뭔가 부족한지 다시 눈이 한가득 쌓인 곳으로 가서 눈을 옮기기 시작했다.

그런 행동을 수차례 반복하자 작은 언덕과도 유사한

모양이 완성됐다.

백촉이 다져 놓은 작은 눈 언덕은 지악천의 가슴까지 오는 높이였고 상당히 넓었다.

그 위에서 폴짝폴짝 뛰던 백촉은 다시 아래로 내려와 단단하게 다져놨던 언덕을 파기 시작했다.

팍팍팍! 팍팍!

잘 쓰지 않던 발톱까지 꺼내 순식간에 구멍을 만들어 낸 백촉은 다소 좁아 보이는 입구로 쏙 들어가 똬리를 틀어 앉았다.

그 모습에 지악천은 백촉이 뭘 만든 지 뒤늦게 깨달았다.

"그게 네 집이야? 거기서 잘 거냐?"

지악천의 물음에 백촉은 자신의 꼬리를 이용해서 자신의 두 눈을 가렸다.

거기서 잘 거라는 듯이 말이다.

"그래? 그럼, 난 갈 테니까."

지악천이 정말 갈 듯한 목소리와 함께 자리에서 일어나자, 백촉은 빠르게 튀어나와 그를 올려다보며 다리에 맴돌았다.

백촉에겐 지악천은 하나뿐인 부모이자 친구였다.

그런 백촉의 모습이 지악천은 미소를 지으며 백촉을

양손으로 들어올렸다.

"설마 너를 두고 어딜 가겠어? 농담이다. 농담이야."

지악천의 말에 백촉이 울었다.

"미야양!"

"그래. 그래."

그렇게 들어올린 백촉을 안아서 한번 쓰다듬어 준 후에 내려놓으니 백촉은 빠르게 자신이 파놓은 굴로 쪼르르 들어갔다.

그런 백촉을 보며 피식 웃으며 연무장으로 향했다.

눈발이 휘날리고 있지만, 연무장에는 차진호와 후포성이 열심히 대련 중이었기 때문이다.

한편 갓을 쓴 남녀가 눈발이 휘날리는 관도를 통해서 남악으로 입성했다.

그들은 바로 제갈청하와 제갈청운이었다.

아직 도착하지 않았어야 했을 그들은 일행들과 따로 서둘렀는데 하필이면 눈발이 휘날리는 지금 도착한 것이었다.

그들은 어느새 발목 높이까지 수북하게 쌓은 눈을 밟으며 제갈위학이 있는 객잔으로 향했다.

툭툭, 후두둑.

객잔의 입구에서 삿갓과 어깨에 쌓인 눈들을 털어내면서 들어서자, 한가로이 차를 마시던 천룡대원들이 그들을 발견하고 놀란 표정을 지었다.

본래 날짜보다 빨리 왔으니 당연했다.

"오라버니는 위에?"

제갈청하는 그들이 자신들을 맞이하려는 걸 손을 들어 가볍게 제지한 후에 제갈위학의 위치부터 물었다.

"후원에 계십니다."

그 말에 제갈청하가 제갈청운에게 고갤 돌렸다.

"청운아. 넌 방에 가서 기다려. 오라버니 뵙고 올 테니까."

제갈청하의 목소리는 말과 달리 분노가 짙게 묻어났다.

후원으로 나간 제갈청하는 정자에서 수묵화를 그리고 있는 자신의 오라버니인 제갈위학을 볼 수 있었다.

"오라버니."

"음?"

한창 집중해서 그런지 제갈청하가 후원에 도착했을 때도 모르고 있던 제갈위학은 자신을 부르는 그녀의 목소리에 고갤 돌렸다.

"네가 지금 왜?"

"청운이와 함께 먼저 왔을 뿐이에요."

"그런데…… 아니, 녀석을 보기 위해서더냐?"

제갈위학은 어째서 빨리 왔냐고 물어볼까 했지만, 그 이유를 알 만했기에 다른 걸 물어봤다.

제갈청하는 물음에 잔뜩 굳은 표정으로 고갤 끄덕였다.

"어디 있어요? 세가로 데려갈 것도 없이 제 손으로……."

"네 손을 더럽힐 것도 없다. 이미 단전도 폐했으니까. 그리고 너도 알고 있지 않더냐? 녀석은 이제 무저갱에 갇힐 테니까 신경 쓰지 마라. 네가 녀석을 죽인다면 그것이 오히려 자비가 될 수 있다. 그것은 너도 원하지 않을 텐데?"

"……."

제갈위학의 말에 제갈청하는 입을 닫았다.

그녀가 아무리 제갈천을 싫어했다곤 하지만 피가 섞인 사이 아니겠는가.

어찌 보면 제갈청하의 반응은 정상이라고 할 수 있었다.

"그리고 제갈천의 처분은 세가에 좋은 본보기가 될 것이다. 적과 결탁하는 것은 죽음보다 더한 고통을 받을 것이라고."

"알겠어요. 죽이진 않을 테니까 얼굴이나 보죠. 결국 마지막이 될 테니까."

제갈위학의 말에 체념한 듯한 한숨을 쉬며 제갈청하가 고갤 끄덕였다.

그러자 제갈위학은 한 창고를 손으로 가리켰다.

"그래. 저기에 있다. 그리고 그 옆에 있는 이는 손대지 말도록. 후에 지악천 포두에게 넘겨야 하니까."

그 말에 제갈청하는 고갤 끄덕이며 정자를 벗어나 제갈위학이 가리킨 창고로 향했다.

끼이익.

창고 문을 열고 들어간 그곳에 들어서기 무섭게 진한 혈향이 제갈청하를 맞이했다.

그리고 닫지 않은 창고 문을 통해서 제갈청하는 그곳에 혈향의 진원지인 핏자국들을 볼 수 있었다.

하지만 그것을 보고도 제갈청하는 잔인하다는 생각은 전혀 들지 않았다.

그리고 창고 구석에 쓰러진 상태로 쪼그려있는 제갈천을 발견했다.

"쯧!"

추한 몰골로 있는 제갈천을 발견하고서 혀를 찬 제갈

지악천 192

청하는 그에게 다가갔다.

"일어나 제갈천."

움찔.

제갈청하의 목소리에 제갈천은 반응을 보였지만, 움직이지 않았다.

"일어나라고 했다. 제갈천."

조금 더 큰 목소리로 말하자 추한 몰골을 한 제갈천이 천천히 움직였다.

이내 그가 상체를 일으켜서 제갈청하를 마주하자 그녀는 인상을 찌푸렸다.

제갈천의 얼굴은 반쯤 죽어 있었다.

어찌 보면 그건 당연했다.

무공을 잃어버린 무인의 상실감은 상상을 초월하는 법이었으니까.

"내가 경고했지. 왜 내 경고를 무시했니? 내가 우스웠니?"

"……."

제갈청하의 말에 제갈천은 할 말이 없었다.

모든 것은 자신이 초래한 결과였으니까.

하지만 제갈천은 지악천을 원망하고 저주했다.

그는 자신에게 벌어진 일은 모두 지악천 때문이라고

생각했다.

쉽게 죽을 수도 없는 상황에서 그렇게 하지 않으면 버틸 수가 없었다.

"너는 네가 저지른 죄에 대한 모든 것을 평생 후회와 고통 속에서 살아갈 거다. 세가에서는 이미 너를 무저갱에 넣기로 했다고 하니까."

퀭한 눈의 제갈천은 제갈청하의 말에 눈을 번뜩이면서 반응을 보였지만, 역시나 말은 없었다.

정확하게는 말할 힘도 없었다.

그동안 제갈위학은 제갈천에게 최소한의 물과 먹을거리만 제공했기 때문이다.

내공이라도 있었다면 공복 따위는 아무것도 아니겠지만, 내공이 없어진 그에겐 공복은 그 어떤 것보다 큰 형벌로 다가왔다.

"마음 같아선 내 손으로 너를 죽였으면 했지만, 오라버니가 원하지 않는구나. 그것이 내가 해줄 수 있는 마지막 자비였지만, 세가나 오라버니는 너에게 그것조차 사치라고 보는 모양이니 너는 네 죄를 고통 속에서 평생 반성하길 바랄게. 그것이 내가 너에게 해줄 수 있는 마지막 말이야."

그 말을 끝으로 제갈청하는 돌아서서 창고 밖으로 빠

져나갔다.

창고 문이 다시 닫힐 때 제갈천은 메마른 목에서 끅끅거리며 울고 싶었지만, 이미 극한의 상태에 달한 상태라 그의 눈에서는 눈물조차 나오지 않았다.

창고에서 빠져나온 제갈청하의 눈은 살짝 붉어졌다.

아무리 만나기만 하면 투덕거리던 사이였지만, 피붙이인 만큼 감정이 동하지 않을 수 없었던 모양이었다.

또르륵. 툭.

제갈청하의 눈에서 흐른 한 방울의 눈물이 새하얀 눈 위로 떨어져 내렸다.

제갈위학은 묵묵히 눈 내리는 하늘을 배경으로 수묵화로 묵묵히 그려낼 뿐이었다.

제갈청하는 그런 제갈위학을 보면서 그대로 객잔으로 돌아갔다.

그 시각 지악천은 연무장의 한 곳에 서서 다소 지루하다는 듯이 하품을 크게 하며 차진호와 후포성의 대련을 지켜보고 있었다.

차진호가 봉으로 바닥을 찍으며 몸을 띄우는 순간 양발을 뻗자 후포성은 한 걸음 물러서면서 검면으로 받아냈다.

그 부분만 봐도 차진호의 기량은 엄청나게 상승했다고 봐도 무방할 정도였다.

하지만 거기서 그칠 생각이 없던 차진호의 연계는 쉬지 않고 이어졌다.

다리가 땅에 닿기 무섭게 몸을 역회전시키면서 봉으로 후포성의 머리를 노리고 내려쳤다.

쾅!

그런 차진호의 공세에도 후포성은 여전히 흔들림 없이 받아냈다.

후포성이 재차 자신의 공세를 흔들림 없이 받아냈지만 차진호는 당황하지 않았다.

차진호는 이미 후포성이 자신의 공격을 막아낼 거라 예상했기에 곧바로 팔을 당기면서 봉을 회수하는 듯했다.

하지만 그러지 않고 재차 역회전시키면서 반대편 봉 끝으로 그의 턱을 노리고 들어갔다.

후웅! 펑!

후포성은 자신의 턱을 노리고 들어오는 봉을 보며 가볍게 상체를 뒤로 기울이면서 동시에 발을 뻗어 차진호를 노렸다.

하지만 차진호 역시 그러한 후포성의 움직임을 예상

이나 했다는 듯이 몸을 틀면서 아슬아슬하게 팔꿈치로
받아내며 밀려났다.

좌아악.

후포성의 반격에 밀려난 차진호는 아직 여유가 있다
는 듯이 봉을 사선으로 돌리면서 이어질 그의 공세에
대비했다.

하지만 후포성은 그럴 줄 알았다는 듯이 거리를 좁히
고 들어가지 않았다.

이미 수많은 대련으로 인해 둘 다 상대가 무슨 수를 쓸
지 어느 정도 예측할 수 있었기에 섣불리 나서지 않았
다.

'이번에도 후포성이 이기겠네.'

둘의 공방을 지켜보던 지악천은 후포성의 승리를 점
쳤다.

엇비슷하게 보여도 지악천의 눈에는 후포성이 훨씬
유리해 보였다.

그것은 명백한 내공의 유무 차이였다.

후포성이 차진호를 상대로 여전히 3할의 내공 중 절
반도 쓰지 않고 있다는 것을 읽었기 때문이다.

봉황등천식이 훌륭한 무공이긴 했지만, 어디까지나
외공의 한계를 넘어서기 위해서는 더 많은 수련이 필요

해 보였다.

물론 절정 무인인 후포성을 상대로 이 정도나 버틸 수 있다는 것은 대단한 일이라고 할 수 있었다.

아무리 적은 내공을 쓴다고 해도 절정 무인을 상대로 내공이 없는 이가 이만큼이나 버틸 수 있는 사람은 찾기 힘들 정도로 드물었으니까.

그만큼 차진호의 성장은 괄목상대(刮目相對)하다고 할 수 있었다.

'슬슬 결판이 나겠군.'

어느새 형세는 반대가 됐고 차진호를 거칠게 몰아붙이는 후포성이 서서히 남은 절반의 내공을 끌어올리자, 형세는 급격하게 기울어지기 시작했다.

기울어진 형세는 좀처럼 제자리를 찾을 수 없었고 결국 후포성의 검이 차진호의 목에 닿으면서 끝났다.

"흐흐."

그리고 후포성은 뭐가 그리 좋은지 실실 웃고 있었다.

"오늘도 내가 사도록 하지."

그 말과 함께 후포성은 차진호의 목에서 검을 거둬들였고, 차진호는 한숨을 내쉬며 아쉬운 기색을 비쳤다.

"이번에는 될 줄 알았는데……."

"흐흐. 충분히 잘하고 있다니까?"

후포성이 실실 웃으면서 말하기 무섭게 지악천의 목소리가 울렸다.

"웃기고 자빠졌네. 뭐가 잘하고 있어? 이겨야 잘하는 거지. 실전이었으면 머리가 달아났을 텐데? 자, 이번 치. 그리고 차 포두. 아니, 진호 너는 바로 준비해라."

지악천의 말에 실실 웃던 후포성은 빠르게 표정을 관리했고, 차진호는 암울한 표정을 숨기지 않았다.

보름 동안 차진호는 단 한 번도 후포성을 이긴 적이, 아니 실질적으로 우위를 점한 적 자체가 없었다.

아무리 많은 대련을 통해서 서로를 잘 알고 있다고 해도 그것은 핑계에 불과했으니까.

"하아……."

한숨을 내쉰 차진호는 다시 자세를 잡았다.

그 앞에는 어느새 자리한 지악천이 가볍게 맨손으로 자세를 잡고 있었다.

"이번에는 권장지각으로 하지."

지악천의 말에 차진호의 표정은 더없이 암울해졌다.

하지만 이내 지악천은 자세를 풀었다.

'흐음……. 용개는 아니고 누구지?'

지악천은 자신의 기감에 거슬리는 기척을 느꼈다.

익숙하긴 한데 누구인지 떠오르는 사람이 없었다.

차진호는 갑자기 자세를 푼 지악천을 의아하게 바라보자 곧장 움직이면서 말했다.

"일단 쉬고 있어."

말이 끝나기 무섭게 담장이 있는 곳으로 빠르게 다가가 홀쩍 뛰어넘었다.

그리고 지악천이 담장을 넘기 무섭게 백촉 역시 그를 따라서 담장을 넘어갔다.

'기척은 셋. 위치는…… 두 곳이네? 흐음.'

지악천이 느낀 대로 총 세 명의 기척을 느꼈지만 위치는 두 곳이었다.

그리고 세 개의 기척 중에 두 개는 낯익은 기척이었다.

분명 같이 있는 둘의 기척은 일전에 느껴봤던 기척이었다.

그렇기에 지악천은 낯선 기척을 향해서 무영흔(無影痕)을 펼쳐서 빠르게 거리를 좁혀나가기 시작했다.

빠른 속도로 북상하는 지악천은 이내 자신이 느꼈던 기척의 주인공을 마주할 수 있었다.

지악천의 시야에 들어온 이는 중년인이었다.

"누구요?"

지악천은 도착하기도 전부터 불만 가득한 얼굴로 자

신을 바라보는 중년인에게 물었다.

하지만 중년인은 말없이 지악천을 바라볼 뿐 물음에
전혀 답하지 않고 있었다.

"나는…… 천이의 아비 되는 사람이오."

중년인의 말에 지악천은 고갤 갸웃거렸다.

그의 말을 순간 이해하지 못했다.

'천? 아버지? 제갈천? 제갈세가 가주?'

"제갈세가의 가주 제갈승후(諸葛承候)? 당신. 아니,
귀하께서 제갈세가의 가주라는 겁니까?"

지악천의 물음에 중년인은 씁쓸한 미소를 지으며 고
갤 끄덕였다.

지악천의 말대로 자신이 제갈세가의 가주인 제갈승후
라는 것을 인정한 셈이었다.

하지만 그 말을 곧이곧대로 믿을 수도 없는 노릇이었
다.

지악천은 제갈세가의 가주인 제갈승후에 대해서 아는
것이 없었기 때문이다.

"내가 귀하가 제갈세가의 가주라는 것을 어떻게 믿을
수 있겠습니까."

지악천의 물음에 제갈승후는 씁쓸한 미소를 지우며
말했다.

"자네를 믿게 할 방법은 여러 가지가 있겠지만, 가장 확실한 것은 내 동생인 제갈군이 자네에게 붙인 강성중이 가장 확실하지 않겠나. 무림맹의 은영단 소속인 그를 말이야. 그리고 저쪽에서 느껴지는 내 자식들의 기척까지도 말이지."

"자식들?"

"모르고 있었나? 난 이미 알고 나를 먼저 찾아왔다고 생각했는데 그렇진 않은 모양이었군."

제갈승후의 말에 지악천은 그제야 낯익었던 기척들이 누구인지 깨달았다.

'그렇군. 제갈청하와 제갈청운. 그 둘이었군. 예정보다 일찍 왔나?'

그의 말에 일단 지악천은 그가 제갈승후라는 것을 믿기로 했다.

지악천은 만약에 그가 자신을 죽이려고 했다면 이렇게 말을 걸 이유가 없다고 생각했다.

그만큼 제갈승후를 마주하고 느낀 무위는 지악천이 섣불리 나설 수 없는 수준이었다.

"그건 그렇고 바쁘신 분께서 어찌?"

"단지…… 자네에게 미안하다는 말을 하고 싶었네. 내 자식이 자네에게 폐를 끼쳤지 않는가."

"……굳이 그런 이유로 여기까지 오셨습니까. 제갈 소저를 통해서 전달해도 될 일인데."

지악천의 말에 제갈승후가 고갤 흔들었다.

"물론 그렇게 말은 했지만, 생각이 바뀌어서 이렇게 직접 왔다네. 그리고 자네를 한번 만나보고 싶은 마음도 있었고."

"저를 말입니까."

"그렇네. 자넬 만난 이들 중 단 한 명을 제외하고 다들 자네를 칭찬하더군. 그러니 궁금했네. 내 동생과 자식들이 자네의 어떤 면을 보고 자네를 칭찬했는지 말이야. 그런데 일이 꼬였지. 이렇게 마주하지 않고 단지 멀리서나마 자넬 봐도 될 일이었지만, 이왕 틀어졌으니 미안하다는 말을 해야 하지 않겠는가. 못난 자식의 아비 된 도리가 있으니까."

제갈승후가 말한 그 한 명은 필시 제갈천이었다.

지악천은 그런 제갈승후의 말에 진정성을 느낄 수 있었다.

"괘념치 않으셔도 됩니다. 이미 잊었습니다."

실제로도 지악천은 그날 제갈위학이 제갈천의 단전을 부수던 그때 거의 다 털어낸 상태였다.

그런 상황에서 제갈승후가 직접 사과하니 있지도 않

은 복수심이나, 분노까지 털어낼 지경이었다.

지악천의 말과 표정을 본 제갈승후는 고갤 끄덕였다.

"사과를 받아줘서 고맙네. 그리고 어째서 녀석이 자넬 중요하게 생각하는지 알겠군. 그런데 몇 가지 물어봐도 되겠는가?"

"예. 얼마든지 물어보시죠. 가능한 한 답하겠습니다."

"고맙네. 자네의 무위. 아니, 사문(師門)이나 스승에 대해서 알 수 있겠나?"

그의 물음에 지악천이 고갤 흔들었다.

"사문이나 스승은 없습니다. 단지 기연이 있었을 뿐입니다."

그 말을 하는 순간 글귀에 대해서 알려줬던 화문강이라는 이름이 떠올랐지만, 굳이 그 부분은 말하지 않았다.

"기연이라…… 참으로 대단한 기연이겠군. 짧은 시간에 초절정에 환골탈태까지 가능하다니. 무인이라면 정말 목숨 걸고 욕심을 부릴 정도였겠군."

그의 말대로 지악천이 얻은 기연을 만약 눈앞에 있는 제갈승후가 얻었다면 그의 무위는 상상을 초월했을 것이 분명했다.

물론 그조차 경우의 수에 불과했지만, 적어도 지악천

은 그렇게 확신했다.

"혹시 혼인에 관심이 있는가?"

"예…… 예?"

"혼인(婚姻) 말이네. 혹시 정혼자가 있나?"

그의 물음에 지악천의 눈동자가 거칠게 흔들렸다.

이전에도 지금도 지악천은 여자와는 거리가 먼 삶을 살고 있었다.

회귀하기 전엔 소문이 좋지 않고 지금은 그럴 여유가 없었다.

적어도 지악천은 그렇게 생각했다.

"아, 아뇨. 없습니다. 당장은 그럴 생각도 없습니다. 죄송합니다."

지악천의 눈에는 확고한 의지가 담겨 있다는 걸 느낀 제갈승후에겐 나름대로 만족할 만한 답변이었다.

그리고 그의 눈꼬리가 살짝 반달 모양으로 휘어졌다.

"그렇군. 알겠네. 혼처 자리가 있어서 소개해주려고 했지만, 당장은 생각이 없다니 권한다면 실례겠군. 그냥 잊게나."

지악천은 제갈승후의 말을 그냥 흘려들었다.

그 후로 다른 질문들이 이어졌지만, 그다지 중요한 질문은 아니었다.

"내가 물어본 것들에 크게 의의가 있을 필요는 없네. 오랜만에 미래가 창창한 사람을 봐서 궁금했던 것뿐이니."

"예."

"아무튼 나는 이만 가보겠네. 다음에 다시 볼 수 있으면 좋겠군. 제갈세가는 자네와 인연의 끈을 놓지 않을 것이네. 아, 그리고 내 자식들을 보면 날 만난 것을 비밀로 해줬으면 좋겠군. 물론 은영단 소속인 그에겐 말해도 좋네. 나랑 한 얘기 말고 나에 관해서 물어보면 되겠지. 그러면 자네가 가지고 있는 일말의 의심도 털어낼 수 있을 테니까."

제갈승후는 대화하는 줄곧 지악천이 자신에 대해서 긴가민가 한다는 것을 알고 있었다.

"예? 아, 예……. 그렇게 하죠."

"내가 녀석의 일은 정말로 미안하게 생각한다는 것을 알아주게나. 제갈세가는 상대가 등을 돌리지 않는 이상 먼저 돌아서지 않을 것이네. 그럼, 다음에 기회가 된다면 보세나."

얼핏 들으면 협박 같은 소리로 들릴 수도 있지만 제갈승후의 목소리는 그렇지 않았다.

신뢰감이 깃들 만한 감정이 깃든 목소리였다.

그 말을 끝으로 제갈승후가 몸을 날리기 무섭게 주변에서 하나둘씩 기척이 느껴지기 시작했다.

제갈승후의 뒤를 따라서 움직이는 이들의 수는 작게 잡아도 열댓 명이 넘어 보였다.

그런 그들의 기척을 느낀 지악천은 등줄기에 식은땀이 흘렀다.

제갈승후와 얘길 나누는 내내 혹시 모른다는 생각에 감각을 날카롭게 하고 있는데도 인근에 저들이 있다는 사실조차 인지하지 못했던 것이 충격으로 다가왔다.

만약 저들의 기척을 느꼈다면 지악천은 제갈승후의 근처까지도 오지 않았을 것이고 그에 대한 경계심은 극도로 높아졌을 것이다.

비록 저들 하나하나가 지악천에 비할 바는 아니겠지만, 만약 제갈승후가 아닌 다른 누군가였다면 지악천은 꼼짝없이 죽을 수도 있었다.

그렇기에 지악천은 입술을 세게 깨물며 최근에 조금 느슨해진 수련의 고삐를 단단하게 조일 필요성을 느꼈다.

'한참이나 부족해. 한참이나.'

고갤 흔든 지악천은 왔던 길로 돌아갔다.

제갈세가로 돌아가는 제갈승후의 입가엔 묘한 미소가

걸려 있었다.

자신의 앞에서 크게 주눅 들지 않고 당당하게 말하는 지악천이 마음에 들었다.

—어떻게 봤는가?

그의 전음은 자신의 뒤를 바짝 따라오고 있는 호위대의 대장에게 향했다.

—가주님의 판단에 제 사견을 넣을 수는 없습니다.

—아니, 거참, 항상 말하지만 딱딱하게 굴지 말게. 자네와 내가 몇십 년째인데 아직도 그러는가.

제갈승후의 말에 호위대장은 하는 수 없이 생각을 말했다.

—⋯⋯훌륭하다고 생각합니다. 그만한 경지에도 그러한 자리에 있다는 것 자체가 신기할 정도 아니겠습니까.

호위대장의 말에 제갈승후도 예전에 비슷한 생각을 했기에 고갤 끄덕였다.

—흠, 그렇군. 확실히 그렇긴 하지. 다른 보고에는 호남 제형안찰사사의 안찰사가 그에게 관심이 있는 것 같지만, 거절했다는 말도 돌고 있기도 했으니까. 의외로 권력욕은 적은 편인가 보군. 아니면 자신의 주제를 잘 알거나. 어느 쪽이든 나쁘지 않군. 그렇지 않은가.

―예. 맞습니다.

―그건 그렇고 녀석의 짝으로는 정말 안성맞춤 아닌
가? 어차피 평생 포두만 할 것도 아니고 이래저래 결국
은 이쪽으로 넘어올 수밖에 없을 것 같은데 말이야.

―큰 아가씨 말입니까?

―맞네. 녀석도 혼기가 꽉 차다 못해 거의 넘어가지
않고 있지 않던가. 이왕이면 그 같은 이라면 나쁘지 않
지. 이미 그는 조실부모했으니 이쪽에서 품기에는 딱
좋지 않은가. 요즘은 제대로 된 혼처 구하기도 힘드니
차라리 이쪽에서 품는 것도 좋지.

지악천을 상대로 데릴사위를 하면 딱 좋겠다는 제갈
승후의 말에 호위대장의 반응 역시 나쁘지 않았다.

―하지만 그것 역시 당사자들의 합의가 필요한 부분
이 아니겠습니까.

―음, 그렇긴 하지. 사실 조금 안타까운 건 아까 물어
봤을 때 진짜 당장 혼인에 관심이 없어 보였단 말이지.
전에 둘째에게 물어봤을 때도 넷째에게 관심이 없어 보
였다고 했으니까. 다른 놈들이 채가기 전에 품고 싶은
데.

외부인을 품을 때 가장 확실한 방법은 가족이 되는 것
이다.

물론 그를 호위하는 호위대 같은 이들도 있지만, 이들은 어릴 때부터 오랫동안 제갈세가에 먹고 자라고 배웠던 이들이었고, 지악천은 순수한 외부인이기에 호위대처럼 품 안에 품기가 쉽지 않았다.

그렇기에 제갈승후는 지악천과 제갈청하가 눈이라도 맞았으면 했다.

그녀의 미모가 삼봉(三鳳)의 미모 수준에는 부족했지만, 그렇다고 그들에 비해서 크게 떨어질 수준이 아니었다.

그렇기에 이왕에 시집을 보낸다면 손해 없이 실속을 차리고 싶은 마음이 컸다.

'놓친다면 정말 아쉬운데……'

제갈승후는 진정으로 지악천을 사위로 삼고 싶은 모양이었다.

제갈천에 대해서 한순간 잊어버릴 정도로.

지악천과 제갈승후가 대화한 시간은 그리 길지 않았기에 아직 제갈청하와 제갈청운의 기척은 처음 느꼈던 그 자리에 그대로 있었다.

그렇기에 그들을 향해서 곧장 향했고, 그때 아까까지만 해도 없었던 백촉이 어느새 지악천의 곁에 나타났다.

'그러고 보니 애 기척도 못 느꼈네?'

제갈승후를 마주하면서 긴장한 탓도 없진 않겠지만, 백촉의 기척까지 놓칠 정도라니 더 심각하게 받아드릴 수밖에 없었다.

그들이 제갈승후가 말한 대로 제갈청하와 제갈청운이 아니었다면 그들을 찾아가기보단 수련을 하고 싶은 마음이 커졌을 정도였다.

'하…… 답답하네.'

수련을 시작하기 전에 저들을 봐야 했다.

어찌 됐건 자신을 찾아온 모양이니 그냥 돌아갈 수도 없었다.

일단 수련에 대한 욕심을 접어두고 둘이 있는 곳으로 향했다.

제갈청운은 찜찜하다는 얼굴로 누이인 제갈청하를 바라봤다.

"누님……."

그만큼 제갈청하의 기분이나 표정은 썩 좋지 않았다.

"걱정하지 마. 그와 싸우려고 그러는 거 아니야. 어차피 그를 이길 수도 없기도 하고, 세가에서 결정된 일을 내 마음대로 뒤집을 생각도 없으니까."

제갈청하의 말에도 제갈청운의 표정은 불안한 표정을

거두지 않았다.

'그러면서 왜 말과 표정은 다른데요.'

속으로 생각할 뿐 그 말을 차마 꺼내지 못했다.

"거기서 둘이 뭐 하는 거요?"

둘은 뒤에서 들리는 목소리에 화들짝 놀라 뒤로 돌아서자, 보이는 이는 지악천이었다.

"지 포두님!"

"……."

제갈청운은 지악천을 반겼지만 제갈청하는 입을 다물고 있었다.

그녀의 묘한 감정이 이러지도 저러지도 못하고 하고 있었다.

지악천은 제갈승후의 말을 떠올리고 그들에 대해서 듣지 못했다는 듯한 표정을 하고 있었다.

"제갈위학 공자에게 들었던 시일보다 일찍 오셨구려."

지악천의 말에 제갈청운의 낯빛이 살짝 어두워졌다.

그리고 그때 제갈청하가 입을 열었다.

"못난 녀석을 혼내주려고 일찍 왔죠. 그리고 지악천 포두님. 세가를 대신해 사과드립니다."

제갈청하가 말하는 이는 당연히 제갈천이었다.

"이미 제갈······ 제갈위학 공자에게 충분한 사과를 받았습니다. 이미 잊었으니 그만하셔도 됩니다."

잊겠다는 지악천의 말에 제갈청운은 표정이 금방 풀렸지만, 제갈청하의 표정은 여전했다.

"히히. 그러고 보니 백촉은요?"

웃으며 묻는 제갈청운의 물음에 지악천은 가볍게 손가락으로 가리켰다.

그들이 있는 곳의 뒤쪽의 지붕에 앉아 붉은 눈을 반짝이며 내려다보고 있는 백촉이 있는 곳을.

그 순간 제갈청하의 표정이 일순간 풀렸지만, 이내 이성을 찾았는지 다소 어색한 표정으로 변했다.

"픕."

"푸읍!"

그런 제갈청하의 표정을 본 지악천과 제갈청운은 터지려는 웃음을 참으려고 동시에 입을 가리는 걸 넘어거의 막다시피 했다.

"이익!"

그런 둘의 행동에 제갈청하의 얼굴이 붉게 달아올랐다.

제갈청하가 옆에 있는 제갈청운의 허릿살을 꼬집은 상태로 돌렸다.

"아아악! 아, 아파요! 누, 누님! 아프다고요!"

제갈청하가 어찌나 세게 꼬집었는지 제갈청운은 그녀의 손에서 벗어나기 무섭게 뒤로 물러서며 얼굴을 찌푸리며 손바닥으로 꼬집힌 부위를 문지르기 바빴다.

그런 제갈청운의 모습에 표정을 푼 제갈청하가 지악천을 똑바로 바라보며 말했다.

"아무튼, 진심으로 미안해요. 그때 떠나기 전에 그 애에게 경고하긴 했지만, 일이 그렇게 될 줄은 몰랐네요. 이건 세가를 떠나서 제가 개인적으로 하는 사과예요."

"예. 알겠습니다. 제갈 소저."

지악천이 고개를 끄덕이며 담담하게 사과를 받자 제갈청하의 표정은 한결 편해진 모습이었다. 그리고 바로 돌변했다.

"백촉아."

지붕에 있는 백촉을 보며 초롱초롱한 눈빛을 보내는 제갈청하였다.

하지만 백촉의 반응은 이전과 다를 바가 없었다.

무시.

그것이 백촉이 제갈청하를 향해서 보이는 반응이었다.

그 모습에 지악천과 제갈청운이 동시에 고갤 흔들었

고, 그들은 그렇게 헤어졌다.

나흘이 지나고 원래 제갈 남매와 같이 도착했어야 할 이들이 남악에 도착했다.

그러자 제갈위학은 지부장인 도치를 지악천의 손에 넘겼다.

"다음에 다시 뵙겠습니다. 지 포두님."

"예. 다음에 보도록 하죠. 제갈 공자."

그렇게 그들은 가벼운 목례 후 헤어졌고 지악천은 자신에게로 넘어온 흑연의 지부장인 도치를 바라봤다.

"쯧, 걸레짝이 따로 없군."

지악천의 감상평대로 지부장인 도치의 상태는 엉망이었다.

한 달이 조금 안 되는 시간 동안 제갈위학이 그를 어떤 방식으로 고문했는지 예상할 수 없을 정도였다.

수혈을 짚어서 잠들어 있는 그를 짊어지고 지악천은 현청으로 가지 않았다.

이건 지악천 자신의 개인적인 일이기에 사전에 구해 둔 빈집으로 향했다.

똑똑.

단단히 닫힌 문을 두드리자, 문이 열리면서 안쪽에서 강성중이 보였다.

"왔군. 음…… 생각보다 심하네."

지악천을 보고 고개를 끄덕인 강성중은 지부장을 보고서 살짝 눈살을 찌푸렸다.

심한 고문의 흔적이 너무나도 선명했다.

'제대로 작정했군.'

그대로 지부장을 건네받은 강성중이 안으로 들어갔다.

그 모습을 지켜보던 지악천은 그대로 돌아서 현청으로 향했다.

그리고 그런 지악천을 지켜보고 있던 시선이 있었다.

하지만 그 시선을 지악천은 이미 알고 있었다.

사전에 준비해놓았던 지악천과 강성중의 함정이었다.

분명 지부장을 죽이거나 되찾기 위해서 올 거라 예상했기에 사전에 준비해둔 것이다.

그리고 그 시선을 느꼈을 때 지악천은 미끼를 문 물고기가 왔다고 생각했다.

'너무 쉽게 걸린 게 아닌가 싶네. 제갈세가랑 얘길 해둘 걸 그랬나?'

일단 계획대로 해야 했기에 지악천은 그대로 현청으로 향했다.

'역시 나를 따라다닐 생각은 아닌 모양이군.'

지악천은 자신이 현청으로 가는 중간에 따라붙었던 시선이 사라졌다는 걸 느낄 수 있었다.

현청으로 들어서기 무섭게 지악천이 빠르게 뒤뜰로 현청을 빠져나갔다.

따라붙었던 시선의 주인공을 잡기 위해서.

한편 아직 남악에 남아 있던 용개는 상부에 보고조차 하지 않고 한숨만 늘어갔다.

일전에 지악천과의 대화에서 그에 대한 아무런 수확도 없었고 오히려 계속해서 비호감만 샀기에 용개는 그것을 방주에게 알려야 할지 말지조차도 고민할 정도였다.

평소 자신의 행실이 있기에 방주가 자신의 말을 믿어 줄지조차 확신할 수 없었다.

'제갈가 놈들이 입을 다물고 있으니 거참…….'

용개는 입을 닫고 있던 제갈위학에 화가 나진 않았다.

말이 정파지 결국은 이익집단이라는 것을 용개 역시 잘 알기에 화를 낼 수 없었던 것이다.

개방도 그런 비슷한 선택을 이제까지 많이 해왔으니까.

개개인보다 세력을 우선시하는 건 자신 역시 마찬가지였으니까.

'음?'

그렇게 골목에 대충 주저앉아 있던 그는 묘하게 낯익은 뒷모습이 눈에 들어왔다.

'포두 놈?'

그의 눈에 들어온 것은 분명 지악천으로 보이는 뒷모습인데 행색이 달랐다.

'변장? 왜 변장을 했지?'

궁금증을 품은 용개는 본능적으로 천천히 그의 뒤를 따라갔다.

그리고 지악천은 그런 용개의 기척을 느꼈지만, 당장 그를 떨쳐낼 수 없기에 무시하고 계획대로 움직였다.

'망할 거지는 왜 따라오는 거야?'

용개가 꼬이는 것은 계획과는 다르긴 했지만, 어쩔 수 없었다.

'어쩔 수 없지. 방해되면 적당히 처리해야지.'

결정을 내린 지악천은 좀 더 빠르게 강성중이 있는 곳으로 빠르게 움직였다.

혹시라도 용개 때문에 일이 꼬이기 전에 계획대로 해야 했다.

강성중은 지부장을 건네받은 곳과는 다른 곳에 있었다.

사전에 준비해둔 땅굴로 건너편 집으로 이동한 상태였다.

'과연 놈을 죽일 사람을 보냈을지가 관건인가.'

강성중은 이전에 시간을 들여 흑연을 나름대로 조사했던 만큼 그들의 성향을 어느 정도 알기에 이렇게 준비했던 것이다.

지부장을 죽이려고 보낸 이를 잡아서 그들의 뒤를 잡겠다는 계획.

하지만 그런 강성중의 계획은 점점 틀어져 가고 있다는 것을 알지 못했다.

지악천만 믿고 지부장을 죽이려고 보낸 이의 무위를 전혀 계산하지 못했다.

콰지직!

강성중이 있는 천장이 박살 나며 한 인영이 떨어져 내렸다.

복면을 뒤집어쓴 이가 감정이 느껴지지 않는 차가운 눈동자로 주변을 훑다가 강성중을 바라봤다.

"어디 있지?"

그의 물음은 당연히 강성중이 데리고 있을 지부장인

도치의 위치였다.

강성중은 그를 땅굴에 마련된 장소에 두고 왔기에 당연히 같이 있지 않아서 고갤 저었다.

"그를 찾나? 하지만 어쩌지? 그는 여기에 없는데?"

강성중은 자신의 말에 복면인으로 가렸음에도 왠지 모르게 미소 짓고 있다는 느낌을 받고는 곧장 검을 빼 들어 그와 거리를 벌렸다.

휘리릭!

팅팅!

검을 빼 들기 무섭게 자신의 가슴과 복부를 향해서 날아드는 2개의 암기를 쳐낸 강성중은 곧장 검을 휘둘렀다.

하지만 이미 복면인은 연검을 꺼내 들고 막아냈다.

태앵!

복면인의 흐느적거리는 연검은 어느새 빳빳해지면서 강성중의 검을 쳐내면서 그를 향해서 찔러 들어가기 시작했다.

휘릭휘리릭!

복면인의 연검은 다시 흐느적거리면서 쭉 뻗어 나가지 않고 마치 뱀처럼 흔들거리면서 강성중의 시야를 어지럽게 만들었다.

하지만 그것은 함정이었다.

복면인은 연검으로 강성중의 시선을 현혹할 뿐 실제
는 그의 손에 들린 비수였다.

푸욱!

언제라도 자신을 찔러 들어올 듯한 흐느적거리는 연
검에 시선을 뺏긴 강성중의 허벅지에 소리 없이 날아든
복면인의 비수가 꽂혔다.

"끄윽!"

비수의 날이 허벅지에 꽂히자마자 복면인의 연검이
비수 때문에 움직임이 둔해진 그를 향해서 날아들었
다.

티잉!

찔러 들어오는 연검을 검을 들어 쳐냈지만, 허벅지에
꽂혀 있는 비수 때문에 힘이 제대로 전달되지 않은 탓
인지 자세가 무너지며 반격을 할 수 없었다.

강성중은 왠지 모르게 전신에 힘이 빠르게 빠지는 느
낌이 들었다.

"독?"

강성중의 중얼거림을 들은 복면인은 어느새 꺼내든
침으로 보이는 암기를 손에 3개를 낀 상태에서 강성중
을 바라봤다.

"죽기 전에 그가 어디 있는지 말한다면 곱게 죽여주마."

그의 목소리는 고저가 없이 매우 담담했다.

"……."

복면인의 물음에 강성중은 대답할 생각은 전혀 없었다.

피잉.

강성중의 침묵에 복면인의 내공이 연검을 가득 채우더니 흐느적거리던 연검이 다시금 빳빳해졌다.

그러는 가운데 강성중은 점점 거동이 힘들어지며 어떻게든 독을 몰아내고 싶었다.

그러나 무슨 독인지도 모르는 상황에서 내공으로 강제로 독을 밀어냈다간 더 문제가 생길 수 있기에 최대한 현상 유지에 힘썼다.

하지만 그런 현상 유지조차 지켜볼 생각이 없다는 듯이 복면인의 연검이 움직이기 시작했다.

태앵!

"큭!"

자신을 향해서 찔러 들어오는 연검을 겨우 튕겨낸 강성중은 뒤로 빠지고 싶었지만, 비수에 찔린 다리가 그의 의지대로 움직이지 않았다.

오히려 억지로 힘을 쓰려고 하니 고통만 더 커질 뿐이
었다.

지금 상황에서 그가 할 수 있는 것은 단 하나였다.

"지악천!!"

유일한 희망이라고 할 수 있는 지악천을 큰 소리로 부
르는 것이 그가 할 수 있는 전부였다.

강성중의 외침에 복면인은 그를 비웃기라도 하듯이
눈꼬리가 휘어졌다.

"놈이 올 리가……."

복면인이 말을 하기 무섭게 강성중의 뒤쪽에 있는 벽
에 금이 가기 시작했다.

그 모습에 잠시 당황했다가 빠르게 정신 차리며 강성
중의 가슴에 연검을 찔러 넣으려고 했다.

그러나 벽이 박살나면서 안으로 들어오는 이가 더 빨
랐다.

벽을 박살내며 들어온 이는 당연하게도 지악천이었
다.

지악천은 기감으로 강성중이 위태위태한 상태라는 걸
인지했다.

그의 외침에 서둘렀기에 벽을 부수는 무리수를 둘 수
밖에 없었지만, 그 무리수는 최상의 선택이었다.

벽이 박살나면서 생긴 뿌연 먼지에도 지악천의 시선은 정확하게 복면인을 향해 있었다.

지악천이 자신을 바라보고 있다는 사실을 알 리 없던 복면인은 손에 쥐고 있던 침으로 된 암기를 날렸다.

하지만 이미 기감으로 복면인의 일거수일투족을 인지하고 있던 지악천에게 통할 리가 없었다.

티티팅!

검집에서 검을 뽑지도 않은 채로 쥐고 있던 지악천은 그대로 검집을 좌우로 흔들면서 복면인이 날린 암기를 쳐냈다.

동시에 왼팔로 권풍을 일으키면서 뿌연 먼지를 복면인이 있는 곳으로 밀어내 버렸다.

"강 형! 괜찮아?"

"독에 당했어. 조심해."

복면인이 있는 곳에서 시선을 떼지 않는 지악천의 물음에 강성중은 다소 힘겹게 말했다.

"독? 어떤 독?"

"당장은 모르겠다. 마비산의 일종 같아."

"알겠어. 조금만 기다려."

마비산이라는 그의 말에 당장 지악천이 강성중에게 당장 해줄 수 있는 일은 없었다.

마비산도 종류에 따라서 천차만별이기도 했지만, 경우에 따라선 목숨을 위협하기도 했기에 섣불리 손을 댈 수 없었다.

그들의 짧은 대화가 끝났을 때 지악천이 밀어낸 뿌연 먼지를 뒤집어쓴 복면인의 모습이 눈에 들어왔다.

그는 먼지를 뒤집어썼지만 흔한 기침조차 하지 않고 상대를 죽일 듯한 눈으로 지악천을 바라봤다.

"뭘 쳐다보냐? 곧 뒈질 놈이."

지악천의 말에 복면인의 눈에 힘이 더 들어갔다.

하지만 곧장 기세를 끌어올리는 지악천의 모습에 아무것도 할 수 없었다.

겉으로 드러나기 시작한 지악천의 기세가 복면인의 예상을 훨씬 뛰어넘었기 때문이다.

"……."

까딱까딱.

움츠러든 복면인을 향해서 지악천이 덤벼보라는 듯이 손가락을 움직였지만, 그는 역시 움직이지 않고 마치 기회를 노리는 듯이 오히려 뒤로 한 걸음 물러났다.

하지만 그런 그의 행동은 지악천이 보기엔 도망치려고 간을 보는 것으로밖에 보이지 않았다.

"도망칠 수 있을 거 같아? 그리고 밖에 늙은 거지가

하나 있는데 그 거지까지 떨칠 수 있을 거 같아?"

지악천의 말에 복면인의 미간이 일그러졌다.

복면인 역시 용개가 남악에 있다는 정보 정도는 진즉에 취득했기 때문이다.

다만, 이전에 용개가 지악천에게 두들겨 맞았던 사건 때문에 이들의 사이가 그다지 좋지 않다고 판단했는데 지악천의 말은 그렇지 않다고 하는 것과 같았다.

하지만 그것을 거짓으로 치부하고 도망치기에는 쉽지 않아 보였다.

당장 지악천의 기세만 놓고 봐도 쉽게 볼 수 없는 상태인데 정말로밖에 용개까지 있다면 바로 도망치는 것은 최악이 될 가능성이 농후했다.

그렇긴 했지만 자신의 눈앞에 있는 지악천이 그리 호락호락하게 보이지 않았다.

복면인의 고민은 시간이 길어질수록 깊어졌다.

검집 째로 들고 있던 검을 다시 허리춤에 찬 지악천은 고민에 빠진 복면인을 가소롭다는 듯이 바라봤다.

"거참. 머리 굴리는 소리가 여기까지 들리네."

지악천의 말에 자극을 받아서 그런지 복면인의 눈빛이 분노를 품기 시작했다.

그리고 그것은 행동으로 이어졌다.

누군가가 이 상황을 지켜보고 있었다면 지악천의 도발에 넘어갔다는 듯이 보일 것이다.

둘의 거리는 넉넉잡아서 네 걸음 정도의 거리였지만, 사실 지악천과 복면인에겐 그다지 문제가 될 수준은 아니었다.

아니, 정확하게 말하자면 좋았다.

검을 쓰기에는 그만한 거리가 사실 딱 좋았다.

복면인의 연검이 다시금 휘적거리며 앞에 있는 지악천을 향해서 움직였다.

그러한 복면인의 연검을 보던 지악천은 눈살을 찌푸렸다.

'이상한 검이네? 장난치는 건가?'

지악천은 연검이라는 물건 자체를 몰랐다.

물론 연검의 날이 날카롭다는 것쯤은 한눈에 봐도 알겠지만, 어떻게 쓰이는지에 대해선 무지했다.

휘리리리.

흐느적거리던 연검의 움직임이 지악천과의 거리가 좁혀질수록 단단해졌다.

그리고 지악천의 지척에 다다랐을 땐 완벽한 검의 형태로 변해 있었다.

'희한한 검이네.'

연검을 처음 마주한 지악천의 소감은 그랬다.

팍!

자신의 상체를 향해서 찔러 들어오는 연검을 아슬아슬하게 허리를 뒤로 꺾으며 피해낸 지악천은 곧장 연검을 든 복면인의 손을 발로 그대로 들어올리듯이 걷어찼다.

투웅!

"큽!"

지악천의 발이 복면인의 손을 걷어차이기 무섭게 연검은 그의 손을 떠나서 천장에 꽂혔다.

그리고 지악천은 반동을 살리면서 그대로 바로 섰다.

후웅! 팡!

바로 복면인의 얼굴을 향해서 주먹이 아닌 손을 뻗었다.

촤악!

지악천의 손에 우악스럽게 복면인의 복면이 뜯겼다.

"생각보다 멀쩡하게 생겼네. 막 눈코입 하나도 없을 줄 알았는데."

지악천의 말대로 복면이 벗겨진 이의 얼굴은 너무나도 멀쩡했다.

잔뜩 굳은 표정이긴 했지만, 어디 가서 여자깨나 울렸

을 법한 이목구비였다.

그렇다고 옥면(玉面)까지는 아니어도 상당히 잘생겼다고 할 수 있었다.

"얼굴이 아깝네. 그 얼굴로 여자나 후리고 다니지 뭐하러 사람 죽이려는지 모르겠네."

이어지는 지악천의 말에 그의 얼굴은 시뻘겋게 달아올랐다.

알게 모르게 지악천이 그가 제일 싫어하는 말을 한 모양이었다.

하지만 그는 쌓은 분노를 표출해낼 순 없었다.

단 한 수를 받았을 뿐이지만, 아직도 손목이 찌릿찌릿한 게 쉬운 상대가 아니라는 생각뿐이었다.

지악천의 무위는 자신이 상정했던 범위를 초과하다 못해 범접하기 힘든 상황이었다.

"쓸데없이 머리 굴린다고 고생하지 마. 네가 여기서 도망친다고 해도 어차피 잡혀. 그러니 그냥 내 손에 좋게 잡히라고. 나가서 늙은 거지에게 잡히면 나도 손쓰기 힘드니까."

지악천은 비릿하게 미소를 지으며 열 손가락을 풀듯이 움직였다.

스윽.

"……."

지악천의 말에도 그는 역시나 입을 꾹 닫은 채로 팔을 내렸다.

소매 속에서 작은 구슬 같은 것이 그의 손으로 떨어져 내렸다.

그 말대로 자신이 지악천의 손아귀를 빠져나갈 방법은 없었다.

적어도 살아서는 말이다.

그때 강성중의 전음이 지악천의 귓가에 울렸다.

─고민할 시간을 주지 마! 보통 저런 이들은 입안에 자결용으로 쓸 독을 입에 물고 있으니까!

강성중의 전음에 지악천이 곧바로 달려들었다.

어찌나 속도가 빠른지 일순 신형이 흐릿해졌다.

그런 지악천의 신형이 흐릿해지는 걸 확인하고 곧장 그는 손에 쥔 구슬을 바닥에 떨어뜨리려고 했다.

턱!

움직였던 지악천이 어느새 그의 앞에 나타났다. 어느새 지악천은 그가 떨구려던 구슬을 손에 쥐고 있었다.

"다했냐?"

그 말과 동시에 남은 손으로 그의 턱을 잡고 그대로 당겼다.

두둑!

"으아아아!"

지악천이 우악스럽게 잡아챈 턱이 그대로 빠지자 그는 괴성을 지르며 발버둥을 쳤다.

지악천의 다소 과격한 행동에 뒤에서 보고 있던 강성중조차 일순간 눈살을 찌푸릴 정도였다.

그래도 턱뼈를 빼는 것이 자결하지 못하게 하는 가장 확실한 방법이었다.

투투툭.

지악천은 그가 발버둥 치기 전에 빠르게 그의 마혈을 점혈해서 그가 움직일 수 없게 해버렸다.

강성중을 죽음의 문턱까지 끌고 갔던 그는 지악천에게 너무나도 허무하게 붙잡혀버렸다.

그리고 그때 주변을 서성이던 용개가 안으로 슬며시 모습을 드러냈다.

용개 역시 강성중이 지악천을 부르는 소리를 들었기에 무슨 일이 있다는 것쯤은 예상했다.

하지만 지악천이 벽을 부수면서 들어가는 모습에 일단 지켜볼 요량으로 있다가 잠잠해지니 모습을 드러낸 것이다.

"이게 뭔 일이야?"

"늙은 거지. 일단 강 형 챙겨서 의원으로 가. 독에 당했으니까."

지악천의 말에 주춤거리던 용개는 마비산에 당한 강성중을 등에 짊어졌다.

"나중에 설명해줄 테니까 일단 가. 의원에겐 내가 보냈다고 하고."

빠르게 말하는 지악천의 목소리는 반론 따위는 들을 시간이 없다는 듯이 단호했다.

그리고 그런 단호한 말에 용개는 표정으로는 불만을 드러냈지만, 말로 꺼내진 못하고 그대로 밖으로 빠져나갔다.

이어 지악천의 시선은 자신이 점혈한 이에게로 향했다.

"넌 씨발 내가 가만 안 둔다. 같잖은 새끼."

자진의 수단을 잃어버렸지만, 그의 눈에는 그다지 두려움이 깃들지 않았다.

마치 죽음이 두렵지 않다는 듯이.

그리고 그런 그의 눈을 보고 있던 지악천이 다시 그의 아혈까지 점혈하며 말했다.

"넌 내가 절대 쉽게 안 죽인다. 그리고 네가 알고 있는 모든 것을 털어놓게 해주 마."

두두둑!

말이 끝나기 무섭게 지악천이 그의 오른쪽 검지와 중지를 잡고 역으로 꺾어버렸다.

지악천의 행동에 그는 별다른 동요가 없었다.

마치 이 정도의 고통은 익숙하다는 듯이.

"그래. 오래오래 버텨보자. 네 입에서 죽여 달라는 말이 나올 때까지 해줄 테니까."

그를 바라보는 지악천의 눈은 어느새 분노로 가득 차 있었다.

용개를 보냈던 의원에 도착한 지악천은 곧장 바닥에 앉아 있는 그에게 다가갔다.

"늙은 거지. 의원이 뭐래?"

지악천의 물음에 용개는 인상을 팍 썼지만, 이내 대답했다.

"흐음…… 마비산 맞고 중화할 수는 약재 처방받고 방에 누워 있다."

"흠, 수고했어. 늙은 거지."

"거참, 그놈의 늙은 거지라는 말 좀 그만하면 안 되겠나?"

용개는 자신을 지칭하는 지악천의 말에 앓는 소리가

절로 나왔다.

"늙은 거지를 늙은 거지라고 하지 뭐라 부르라고. 왜?
노개(老丐)라고 불러줄까?"

자신을 전혀 존중할 것 같지 않은 지악천의 말에 용개
는 그저 대답 없이 고갤 돌릴 뿐이었다.

그리고 그때 의원이 방 밖으로 나왔다.

"아이고! 지 포두님!"

"강 형은 괜찮아요?"

"일단 마비산이라고 해서 처방은 했는데 기다려 봐
야겠습니다. 마비산이란 것이 종류가 워낙에 많은 탓
에…….."

자신이 없는 듯한 의원의 말에 지악천은 그를 지나쳐
방으로 향했다.

"일단 좀 보고 다시 얘기합시다."

그 말과 동시에 지악천은 강성중이 있는 방으로 들어
갔다.

그리고 방 안에 놓인 약재들을 보고서 의원이 강성중
에게 무슨 처방을 내렸는지 대충 알 수 있었다.

"쯧."

가볍게 혀를 찬 지악천은 바로 강성중의 혈맥을 진맥
하기 시작했고 다시금 혀를 찼다.

"마비산은 확실하긴 한 거 같은데 이것들로는 아무 소용없겠군."

지악천은 강성중의 체내에 있는 마비산으로 보이는 독들이 전혀 약재에 소용이 없다는 걸 알 수 있었다.

다른 방법이 필요하단 것을 깨달은 지악천은 그대로 강성중의 손목을 잡고 내기를 주입하기 시작했다.

삼원조화신공의 내력과 자신의 의지대로 움직일 수 있는 적저의 화기라면 충분히 강성중의 체내에 있는 마비산을 밀어내고 태워낼 수 있다는 계산에서였다.

그렇지만 그로서도 처음 해보는 일이라 일단 조심스럽게 내기를 주입했다.

강성중의 혈도를 타고 최대한 천천히 혈도 곳곳에 퍼진 독소들을 밀어냈다.

들썩.

내기를 주입하는 과정에 일순간 강성중의 몸이 지악천의 삼원조화신공에 반발하듯이 들썩거렸지만, 그것은 한순간에 불과했다.

강성중에게 해를 끼치지 않을 것을 인지하기라도 했는지 이내 잠잠해졌다.

'속도를 내자.'

강성중의 몸에서 반발력이 줄어들자 지악천이 주입하

는 삼원조화신공의 내기가 속도를 내기 시작했고 그만
큼 빠르게 독을 밀어냈다.

내기의 유입량이 많아질수록 지악천의 이마에는 땀이
송골송골 맺혔다.

후두둑.

이마에 맺힌 땀이 바닥을 적시는 속도가 점차 빨라졌
고, 강성중의 몸은 이내 붉게 달아오르기 시작했다.

삼원조화신공의 내기가 미처 밀어내지 못한 잔여물을
화기가 태워가면서 강성중의 혈도에 있던 노폐물까지
태웠다.

거기다 삼원조화신공의 내기가 강성중의 내기를 조금
이나마 정순하게 만들면서 혈도까지 아주 미미하지만
조금이나마 넓게 만들기도 했다.

강성중에겐 나름대로 천고의 기연을 얻은 셈이었다.

그렇게 반 시진 정도를 삼원조화신공과 화기를 이용
해서 강성중의 체내에 남은 독기를 빼내기를 반복했
다.

그 후 약간의 시간이 지난 후 지악천의 손이 강성중의
손목에서 떨어졌다.

"후……."

강성중에게 밀어 넣었던 내기와 화기를 깔끔하게 회

수한 지악천.

그는 가벼운 한숨과 함께 이마에 흐르는 땀을 닦아내며 강성중을 바라봤다.

강성중은 아까와는 다르게 고르게 숨을 내쉬면서 아주 편안한 표정을 짓고 있었다.

'강 형. 나중에 이 빚은 두고두고 받아낼 거야.'

지악천은 자신의 빚을 제대로 받아낼 생각이었다.

그렇게 그 생각을 하면서 지악천이 밖으로 나가자 잠들어 있는 강성중의 몸이 부르르 떨었다.

마치 두려운 뭔가를 보기라도 한 듯이.

치료실 밖으로 나온 지악천을 기다리고 있는 사람이 용개와 의원에다 그리고 한 사람이 더 추가되었다.

"일이 있었다면서요?!"

이 목소리의 주인공은 다름 아닌 제갈청하였다.

제갈청하는 지악천과 강성중이 뭔가를 계획하고 있다는 것을 그녀의 오라버니인 제갈위학에게서 전해 들었다.

그리하여 천룡대를 이용해서 주변을 은밀하게 관찰하라고 했기에 이렇게 빠르게 올 수 있었다.

"뭐… 그다지 큰일은 아닙니다만? 그냥 강 형이 조금 특이한 마비산에 중독돼서 그걸 해독하는데 시간이 걸린 것뿐입니다. 제갈 소저.”

용개는 지악천이 자신보다 한참이나 어린 제갈청하에게 정중하게 말하는 걸 듣고 속이 뒤집힐 것 같았다.

그런 용개를 쳐다볼 만도 했지만 지악천은 눈길조차 줄 가치가 없다는 듯이 가차 없이 제갈청하를 지나쳐 뒤에 있는 의원에게 다가갔다.

“독기를 제거해놨으니 깨어나면 기력을 적당히 돋아줄 탕약을 내주시오. 내가 먹으라고 하면 먹을 테니.”

말을 하면서 지악천은 은자 2냥을 꺼내 의원에게 건네줬다.

그가 제대로 처치하진 못했지만, 방에서 본 약재만 봐도 크게 아끼지 않았으니 이 정도 선이 적당했다.

“흐으, 알겠습니다. 포두님. 그렇게 하겠습니다.”

의원은 지악천이 건네주는 은자에 기분이 좋은지 헤벌쭉거리며 넙죽 허리를 접었다.

“가시죠. 현장에서 설명하죠.”

지악천의 말에 용개와 제갈청하는 그의 뒤를 따라갔다.

엉망이 된 7평 남짓한 공간이 엉망이 된 집안에 들어선 지악천이었다.

그는 바닥을 대충 발로 밀어놓고 가볍게 발을 튕겼다.

그러자 밑으로 내려갈 수 있는 통로가 모습을 드러냈
다.

"이쪽입니다."

지악천의 안내에 둘은 차례대로 안으로 따라 들어갔
다.

그곳은 사람 둘이 겨우 설 정도의 좁은 통로였다.

그 통로의 중간에는 두 사람이 쓰러져 있는 게 그들의
눈에 들어왔다.

제갈청하와 용개는 쓰러져 있는 2명을 각각 알아봤
다.

제갈청하는 잡혀 있던 지부장을, 그리고 용개는 지악
천이 제압했던 이였다.

둘의 시선은 자연스럽게 지악천을 향했다.

왜 이곳으로 데려왔는지 묻는 것이었다.

"왼쪽 놈은 흑연 지부장, 오른쪽 놈은 살수로 보이는
놈. 이놈에 대해서는 처음 마주했던 강 형이 깨어나면
들어볼 수 있을 겁니다."

"지 포두님의 말대로 흑연이라는 건데……."

"확실할 겁니다. 이놈을 죽일 만한 놈들이 또 어디에
있겠습니까."

확신에 찬 지악천의 말에 제갈청하는 딱히 반박할 거

리가 없었다.

다만, 용개는 다소 어안이벙벙한 모습이었다.

"이보게, 제갈 소저. 흑연이라니 설명해주겠나?"

제갈청하를 똑바로 바라보며 묻는 용개의 모습은 지악천에게 쩔쩔매던 모습이 아니었다.

개방과 흑연은 정보를 다루는 이들이기에 그들이 가장 많이 부딪혔다.

그만큼 상대에게 민감할 수밖에 없었다.

개방이 정파에서, 흑연은 사파에서 자신들만의 나름대로 독보적인 세력을 만들었다.

그 과정에 자신들의 정보를 지키기 위해서 경쟁은 더 치열해졌고, 그리고 그 과정에서 목숨을 잃는 이들도 종종 있었기 때문이었다.

갑자기 뒤바뀐 용개의 표정을 본 제갈청하는 살짝 놀랐다.

사전에 이런 일이 있을 수도 있다는 걸 제갈위학에게 이미 전해 듣긴 했었다.

하지만 그게 이 정도 반응일 줄은 몰랐다.

"용개 장로님. 일단 나중에 얘기하시죠."

그 말과 동시에 제갈청하가 지악천을 바라봤지만, 지악천은 더 할 얘기가 없다는 듯이 어깨 으쓱였다.

"지금 상황에선 이게 전부입니다. 강 형과 저는 함정을 팠고 이놈을 죽이려는 놈이 낚였다는 것. 현재로서는 이게 전부입니다. 일단 저놈에게서 얻을 정보가 더 있다면 모르겠지만."

"……."

지
악
천

第 三十一 章 — 관계자들

제갈세가가 있는 융중산(隆中山).

문사 차림의 젊은 사내가 굳은 표정으로 제갈세가의
현판이 잘 보이는 자리에 서서 잔뜩 긴장한 채 마른 침
을 삼켰다.

툭.

자신의 가슴에 담아둔 한 장의 서신의 존재를 확인하
며 최대한 굳은 표정을 풀고 싶었지만, 쉽지 않은 듯했
다.

"후우… 후우……."

나름대로 긴장을 풀려고 하는지 크게 숨을 들이마시기를 반복하던 그는 다른 사람들의 눈에 띌 수밖에 없는 사람이었다.

제갈세가의 영역에서 저렇게 긴장한 사람이 눈에 띄지 않을 수 없었다.

그는 주위의 시선을 느끼지 못한 채로 제갈세가의 정문으로 다가갔다.

"누구냐? 신분을 밝혀라."

입구를 지키는 이들의 호기로운 목소리에 그는 떨리는 목소리로 답했다.

"이, 이걸 제갈세가의 가주에게 아니, 가주님에게 전해주라고……."

입구를 지키고 있는 이들에게 품에서 꺼낸 서신을 건넸다.

하지만 그들은 그가 건네는 서신을 받질 않았다.

"누구냐고 물었을 텐데."

그들은 우선순위를 지킬 줄 아는 이들이었다.

"그게…… 형문(荊門)에서 작은 글방을 운영하는 포영길이라 합니다."

"글방?"

그의 대답에 의아함을 느꼈다.

그들이 보기에도 문사 차림이고 딱 봐도 무공은 전혀 할 줄 몰라 보이는 사람이긴 했다.

"그래서 누가 이걸 전하라고 했지?"

"그게… 흐, 흑연에서……."

"흑연?"

그의 말을 들은 그들은 고개를 갸웃거렸다. 그들은 흑연이라는 이름이 낯선 모양이었다.

"흑연이라는 데 들어봤어?"

"기억에 없는데?"

곁에 있는 이에게 물었지만 돌아오는 것은 모르겠다는 말뿐이었다.

"일단 물어보고 와봐. 혹시 모르니."

그의 말에 고갤 끄덕이며 안으로 들어갔다. 그리고 남은 이가 문사 차림의 사내를 보며 말했다.

"기다려."

"아, 알겠소이다."

잠시 후 안으로 들어갔던 사내가 다른 한 명과 같이 밖으로 나왔다.

그는 제갈세가로 갔던 제갈위학이었다.

"이자인가?"

"예. 이자 말로는 흑연에서 보낸 서신을 가지고 왔다

고 합니다."

그 말에 제갈위학이 불안한 눈으로 자신을 바라보는 이를 훑어봤다.

"몸수색 후 데리고 오도록."

제갈위학은 그 말을 끝으로 안으로 들어갔다.

둘은 명령대로 문사 차림의 사내의 몸수색을 꼼꼼하게 한 후에 그를 데리고 안으로 들어갔다.

그들이 향한 곳은 가주전이 아닌 제갈세가의 중앙이었다.

이미 그곳에는 흑연에서 서신을 보냈다는 소식이 퍼져서 자리에 없는 이들을 빼곤 다 모인 상태였다.

그런 이들의 시선을 한눈에 받는 문사 차림의 사내는 땀이 줄줄 흐르다 못해 온몸이 젖어버렸다.

"그래. 흑연에서 서신을 보냈다고?"

그 말을 하는 이는 제갈세가의 가주인 제갈승후였다.

"예? 예, 예……."

"그렇다면 네가 가져온 서신을 읽어봐라."

제갈승후의 말에 사내는 덜덜 떨리는 손으로 서신을 펼쳐 조심스럽게 읽기 시작했다.

"이렇게 인사를 전해 송구하오. 나는 흑연의 수장이오. 이름을 밝힐 수 없는 부분은 양해해주시오. 이번

에 남악에서 생긴 일은 놈이 욕심을 부려서 생긴 일이
오. 우리는 애초에 일이 이렇게 될 줄은 예상하지 못했
고…….

서신의 내용은 간단하게 말하자면 변명이었다.

"그리해서 우리는 제갈세가와 척을 지고 싶은 생각이
없소. 배상을 원한다면 우리 쪽에서 할 수 있는 최대한
의 선까지 해줄 용의가 있으며 협상에 응하겠다면 서신
을 보낸 이에게 원하는 것을 알려주시오. 여, 여기까지
입니다."

그의 말이 끝났지만 제갈승후를 비롯한 어떤 이들도
입을 열지 않았다.

그때 자리에서 일어난 제갈승후가 아무 말 없이 가주
전으로 들어가 버리자 제갈위학이 그에게 다가갔다.

"이자에게 방을 내주고 아무도 드나들지 못하게 해
라."

"에? 저는…….

"반론은 듣지 않겠소. 당신이 서신을 읽었으니 알지
않소? 당신에게 결과를 보내주라고 했소. 그러니 잠자
코 기다리시오. 당신을 해할 일은 없을 테니까."

말을 끊고 단호하게 말하는 제갈위학에 주눅 든 그는
말대로 할 수밖에 없었다.

"데려가라."

제갈위학의 말에 처음에 그를 안으로 데려온 이들이 아닌 다른 이들이 잔뜩 굳은 표정으로 그를 데리고 갔다.

그들이 문사 차림의 사내를 데리고 가자 제갈위학은 가주전으로 향했다.

"아버님."

"어떻게 하고 싶으냐. 이번에는 네 결정을 들어보고 결정하마."

이번 일에 가장 직접적인 관련자라고 할 수 있는 아들의 의견을 듣고자 한 제갈승후의 말에 제갈위학은 고민할 가치도 없다는 듯이 말했다.

"어차피 저희에게 주어진 선택지는 크게 두 가지입니다."

제갈위학의 말대로 선택지는 크게 두 가지였다.

이전처럼 데면데면하든가. 아니면 적대적으로 돌변하든가.

"하지만 그 전에 문제가 있습니다."

제갈위학의 말에 금방 지악천을 떠올렸지만, 모르는 척 물었다.

"가장 직접적인 관계자인 지악천이라는 포두를 말하

지악천 250

는 것이더냐?”

“예. 그가 후에 이런 사실을 알고 저희의 선택을 어떻게 생각하느냐가 문제입니다. 물론 흑연에선 저희에게만 제안해놓고 그에게 어떤 해코지를 할지는 예상할 수 없지만, 그렇다고 그들이 마냥 가만히 있진 않을 겁니다. 최소한 지 포두의 손에 있는 지부장을 처리하려고 하겠지요.”

그 말에 제갈승후 역시 비슷한 생각을 하는지 고갤 끄덕였다.

“그렇지. 그렇다면 그들이 우리에게 원하는 것은 무언지는 생각하지 않아도 뻔하겠구나.”

“예. 그들은 저희의 시야를 자신들에게로 좁히려는 수작 같습니다. 그렇게 해놓고 뒤에서 손을 쓴 후에 도리어 오리발을 내밀 겁니다. 증거만 없다면 어떻게든 된다고 생각하겠지요.”

“그렇겠지. 네가 지악천 포두에게 그를 넘겼다고 했으니 이미…… 사람을 보냈을 수도 있겠구나. 그리고 실패하겠지.”

“예. 흑연에서 초절정. 그것도 완숙의 경지에 닿은 이를 보낼 수 있다면 몰라도 어중간한 이들로는 의미 없을 겁니다.”

제갈위학의 평가에 제갈승후 역시 속으로는 동감했다.

하지만 자신이 지악천을 만났다는 걸 알려줄 생각이 없기에 제갈위학의 앞에서는 담담하게 고갤 끄덕였다.

"그렇구나. 네가 그리 평가했다면 정확하겠지. 일단은 시간을 끌고 청하에게 연락해라. 음……? 아니다. 지금 보내지 않아도 되겠구나."

"예? 그게 무슨?"

제갈위학은 연락하라고 말하던 그가 곧바로 말을 바꾸자 의아하게 자신의 아버지인 제갈승후를 바라보며 물었다.

"지금 막 청하에게서 연락이 왔구나. 바로 가지고 오도록."

그의 말이 끝나기 무섭게 그의 호위대 중 한 명이 들어와 제갈승후에게 전서를 건넨 후 사라졌다.

"흐음… 역시 성동격서까진 아니지만, 양동이긴 했구나. 오히려 그쪽에서 살수를 보냈는데 도리어 그의 손에 잡혔다고 하는구나. 급하게 손을 쓰다 함정에 쉽게 넘어간 걸 보니 그쪽에서 그에 대해서 아는 게 없는 모양이다."

제갈승후의 말에 제갈위학은 할 말을 잊었다.

상대가 너무 조급함을 느낀다는 사실에 너무나 어이가 없을 정도였다.

그런 제갈위학의 표정을 읽은 제갈승후가 가볍게 미소를 지으며 말했다.

"어이없을 만하지. 하지만 반대로 네가 그 상황에 있었다면. 그리고 지금처럼 생각했다면 네가 어이없이 당했겠지. 물론 아닐 수도 있지만, 적어도 가능성은 존재하겠지."

"……."

제갈승후의 말에 제갈위학은 고갤 숙였다.

제갈승후의 말이 틀리지 않았다.

만약 자신에게 같은 일이 벌어졌다면 오히려 대비하지 못했을 가능성은 충분히 있었다.

"너무 실망할 필욘 없다. 어차피 전부 다 가능성에 관한 얘기일 뿐이니. 네가 남악에 계속 있었다면 그쪽에서도 신중하게 나왔을지도 모를 일이지. 다만 유념해 두거라. 그리고 이미 일이 벌어졌다니 우리는 실리를 챙겨야겠군. 어차피 흑연은 개방과 하오문처럼 어디에나 있는 놈들이니까. 최대한 많은 것을 요구해라. 그리고 청하에게 이 소식을 전하고 또한, 우리가 얻을 것의 절반을 지 포두에게 준다고 해라. 그것이 얼마가 됐든지."

"알겠습니다. 그렇게 일러두겠습니다."

그렇게 다음 날 제갈세가를 찾아왔던 문사 차림의 사내는 이 심부름을 받아들였을 때 들었던 경고와는 달리 아주 멀쩡하게 형문으로 돌아갈 수 있었다.

그는 품에 제갈위학이 세가에서 요구하는 내용을 최대치를 예상해서 써넣은 서신을 품에 가지고 있었다.

그 시각 지악천은 지부장과 살수를 같이 앉혀 놓고 턱을 괴며 물었다.

"그래. 이번에는 누가 먼저 말해볼까? 너? 아니면 너?"

부르르.

지악천의 말에 지부장과 살수의 몸이 작게 떨렸다.

벌써 이와 같은 물음이 닷새 동안 이어지고 있었다.

지악천이 묻는 것은 다소 간단했다. 하지만 대답하기가 쉽지 않았다.

이것도 저것도 둘의 말이 서로 다르다면 지악천이 기꺼이 분근착골을 펼쳐줬기 때문이다.

물론 둘 다 처음에는 어느 정도 버텼지만, 지악천의 분근착골은 그들이 경험하고 배워왔던 분근착골과는 달랐다.

그 차이는 바로 냉기와 화기의 차이였다.

살을 녹여버릴 듯한 화기와 뼈를 얼려버릴 듯한 냉기는 그들이 경험했던 상상 그 이상의 분근착골을 경험하게 했다.

그렇기에 그들의 외견은 상당히 멀쩡했지만, 내부는 이미 엉망진창이 된 상태였다.

그때 그들이 있는 곳으로 강성중이 들어왔다.

"어때? 진전은 좀 있어?"

토굴로 들어오면서 말하는 강성중의 얼굴은 상당히 좋아져 있었다.

일전에 지악천의 도움으로 내공이 상당히 진일보했기 때문이다.

깨달음이 부족해서 초절정의 수준까지 도달하지 못했지만, 지악천이 보기에는 그것은 그저 시간문제로 보일 뿐이었다.

"아니, 뭘 물어도 둘 다 다른 말을 하고 있거든."

"결국 둘 다 거짓말을 하거나, 둘 중 하나는 거짓말을 한다는 거네."

강성중의 말에 지악천이 고갤 끄덕였다.

"뭐, 그렇겠지. 하지만 우리가 그런 것을 일일이 확인할 수단은 없으니까."

지악천과 대화를 주고받는 사이에 무릎 꿇고 있는 지부장과 살수는 둘의 모습을 지켜보고 있었다.

둘의 결정 하나하나에 자신들의 목숨줄이 달려 있었기에 그들의 대화에 집중하는 중이었다.

'죽지 못한다면 차라리 살아야 한다.'

'그만 죽고 싶다.'

이런 상황 속에서도 지부장과 살수의 생각은 정반대였다.

"아무튼, 강 형에게 맡길 게. 나도 일은 해야 하니까."

"그래. 유시쯤에 올 거지?"

"아니, 오늘은 정기보고 있는 날이라서 좀 늦어. 얼추 술시쯤? 그리고 쟤들 먹을 것도 챙겨야 하니까 그때 올 게. 그동안 고생 좀 해. 그리고 늙은 거지랑 제갈 소저가 올지도 모르겠네."

"그래. 그 둘이 오면 내가 알아서 할 테니까 가서 일 봐."

그의 말에 지악천이 가볍게 손을 흔들며 지하에서 빠져나가자 강성중의 눈이 싸늘하게 변했다.

"오늘도 새로운 고문으로 시작하자고."

그 말이 끝나기 무섭게 그는 위로 올라가 화로와 물이 담긴 항아리와 쇠뇌를 가지고 내려왔다.

"기대해. 아주 재미있을 거야."

화로에 불을 붙인 강성중은 그들을 쳐다보지도 않고
있었다.

* * *

쾅!

"빌어먹을 제갈가 새끼들!"

제갈가가 보내온 조건을 듣고 나서 그는 고민도 하지
않고 폭발했다.

안 그래도 직전에 그가 호남 지부장의 빈자리를 임시
로 채우기 위해서 보냈던 이에게서 한 차례 보고가 들
어온 참이었다.

"이 개새끼들 알고 있었구나."

그는 자신들이 남악에 보냈던 살수가 실패했다는 걸
제갈세가가 알고 크게 질렀다는 걸 단박에 알아차렸다.

쾅쾅쾅!

한 방 크게 맞았다는 사실에 탁자를 양손으로 내려쳤
지만, 달라지는 것은 없었다.

실력 좋은 살수도 잃고 돈도 크게 잃게 생겼다.

먼저 뒷구멍을 노렸던 걸 걸렸으니 이 이상의 헛수작

은 통하지 않을 것이 분명하다고 생각했다.

"씨발, 개새끼들 그래도 이건 해도 해도 너무한 거 아니야?"

그의 손에 들린 서신에는 제갈세가에서 원하는 것에 관한 내용이 적혀 있었다.

[금자 백만 냥.]

물론 주지 못할 정돈 아니었지만, 배알이 꼴리니 문제였다.

"씨발! 씨발! 씨이발!"

욕설과 함께 한동안 그가 있는 방에서 부서지는 소리가 계속해서 울려 퍼졌다.

한참이나 울리던 소란은 이내 잠잠해졌고 그 닫힌 방문에서 그가 빠져나왔다.

"추 총괄 불러와. 그리고 이 방 치워, 후원에서 기다릴 테니까."

아무도 없는 공간에서 그는 제 할 말만 하고서 바로 후원으로 향했다.

그가 후원에 도착할 때쯤 중년인이 후원으로 다가왔다.

"찾으셨습니까. 가주님."

"추 총관이 왔군. 씨발…… 추 총관. 지금 바로 각 전 장의 전표로 금자 백만 냥만 만들어서 가져와."

"금자 백만 냥 말씀입니까?"

그의 말에 추 총관이라 불린 이는 엄청난 금액임에도 아무렇지도 않은 표정이었다.

"어. 아주 뭣 같은 일에 걸려버렸어. 이상한 곳에 쓸 거 아니니까 그냥 가져와."

"알겠습니다. 준비하겠습니다."

그의 말에 추 총관은 군말 없이 바로 왔던 길을 돌아나 갔다.

"으휴…… 씨발! 일을 왜 이따위로 하는 거야? 호남 지부에 연락해서 도대체 일이 어떻게 돌아가고 있는지 제대로 알아 오라고 전해. 그리고…… 술 가져와!"

북경의 천진에 있는 개방 총타에서는 긴급하게 연락 을 받고 인근에 있는 장로들이 소집되고 있었다.

그 소집의 이유는 남악에서 용개가 보내온 서신 때문 이었다.

용개는 그 서신을 장로 이상에게만 주어지는 비급(備 急)으로 씀으로써 총타를 비상으로 만들었다.

비급으로 보내온 소식은 기본적으로 10인의 장로 이

상이 모인 자리에서만 개봉하도록 정해져 있기 때문이다.

그러한 사실 때문에 총타 인근에 있던 개방의 장로들은 꼬장꼬장한 얼굴로 하나둘씩 빠르게 총타로 복귀한 상태였다.

"아니, 빨리빨리 처리합시다. 용개 그 옹졸한 놈이 비급으로 보낼 정도라면 급한 일일 테니 후딱 처리합시다."

이 자리에 모인 이들은 방주를 비롯한 장로들뿐이니 그 역시 장로임이 틀림없어 보였다.

"에이! 길 가던 사람 붙잡아서 데려왔으면 빨리하자고, 어디 그놈 일만 일이야? 우리도 다 일 있는 사람이라고 방주! 어서 까보슈!"

두 장로의 재촉에 다른 장로들 역시 비슷한 표정으로 그들의 의견에 동조했다.

장로들의 시선은 가장 상석에 있는 이를 향했다.

상석에 자리한 거지는 이 자리에 참석한 장로들과 다르게 상당히 젊어 보이는 거지였다.

그런 장로들의 표정을 본 방주는 자신의 앞에 좋은 서신을 집어 들었다.

"좋소이다. 어려 장로분들의 고견이 그러하시다면 별

다른 논쟁할 필요가 없다고 보이니 바로 읽겠습니다."

묶인 끈을 풀고 서신을 훑어보던 방주의 눈이 가늘게 변했다. 그리고 말보단 눈으로 보는 게 좋겠다고 생각했는지 자신의 왼쪽에 있는 장로에게 서신을 건네면서 말했다.

"일단 다들 한 번씩 읽어본 후에 결정하도록 하겠습니다. 사안이 꽤나 중합니다."

방주의 말에 다들 서신의 내용을 궁금해 하기 시작했다.

가장 먼저 서신을 받아든 장로의 표정은 험악하게 변했다.

쾅!

"이런 개호로잡놈의 새끼들!"

처음 서신을 읽은 장로가 분기탱천한 표정으로 탁자를 내려쳤다.

그러자 다른 거지들은 그 내용이 궁금해져 자신의 차례를 기다리지 못하고 서신을 건네받은 다른 장로에게로 다가갔다.

"뭔데 그래?"

"씨발! 같이 좀 보자고!"

그렇게 몰려든 장로들은 서신을 끼어들어 보기 시작

했고 하나같이 상기된 얼굴로 자신의 자리로 돌아갔다.

그들의 태도는 아까와는 완전히 달라졌다.

마치 건들기라도 하면 폭발할 듯한 표정이었다.

그들의 시선이 전부 방주로 쏠리자 방주가 굳게 닫힌 입을 열었다.

"흑연의 흔적을 발견했다는 용개 장로의 급보였습니다. 다들 어떻게 생각합니까?"

"생각이고 나발이고 흑연 그 새끼들 일은 무림맹의 일을 제외하면 최우선 순위인데 이것저것 잴 필요가 있소이까!"

장로의 말에 다들 적극적으로 옹호했다.

그만큼 개방이 흑연을 향한 적개심은 결코 가벼운 것이 아니었다.

"지금 용개 장로가 보내온 정보는 상당히 중요한 것이오. 한 지역의 지부장과 흑연의 살수라니 지금까지 그 누구도 이런 성과를 낸 적이 없었소."

"음."

"지금 당장이라도 빨리 남악으로 사람을 보내서 지부장을 아니, 놈을 먼저 손에 넣어야 합니다. 방주!"

한 장로의 말에 더욱더 빨리 사람을 보내야 한다는 의

견으로 방향이 잡혀가기 시작했다.

"자자, 진정들 하십시오. 장로님들의 생각은 잘 알겠습니다. 그러니 바로 이 자리에서 정하도록 하죠. 누가 좋겠습니까? 아니면 자원하실 분 있습니까?"

방주의 말에 장로들의 시선이 단 한 명에게로 향했다.

그는 이 자리에 왔을 때부터 무관심으로 일관하던 거지였다.

"불취개(不醉丐) 장로."

후비적후비적.

방주의 부름에도 불취개라고 불린 거지는 안 들린다는 듯이 귀를 파고 있었다.

"불취개 장로."

"흑, 후!"

방주의 부름에도 그는 계속해서 귀를 파며 그렇게 자신의 손가락에 딸려오는 이물질을 불어냈다.

하지만 그 누구도 그런 그의 행태에 감히 지적할 수 없었다.

그는 무림에서 천하십오절의 일인인 불취개왕(不醉丐王)이었으니까.

불취개는 전대 방주의 직전제자(直傳弟子)였다.

그는 개방의 역량을 총동원해서 전대 방주의 무공을

전부 익혀낸 개방의 불세출 천재라고 할 수 있었다.

하지만 문제는 성격이었다.

너무나도 거지다운 성품이었다.

게으르고 배가 부르면 잠을 자려고 하는 그야말로 거지가 천직인 사내였다.

지금의 위치까지 오르기 전까지는 전대 방주를 비롯한 장로들을 이길 수 없었기에 귀찮음에도 참고 참으면서 그들이 하라는 대로 다 했다.

그렇게 무림에서 이름을 날리고 개방 내부에서 자신을 이길 사람이 없어진 후로는 그야말로 거지처럼 먹고 자고 싸고를 반복할 뿐이었다.

그런 삶에 만족하고 있는 불취개로서는 현 방주의 명령은 참으로 뭣 같았다.

쾅!

"불취개 장로! 대답하세요!"

계속해서 무시 일변도를 보여주는 불취개의 모습에 방주가 탁자를 내리쳤다.

의자 등받이 뒤로 넘어가 있었던 불취개의 머리가 방주를 향했다.

"싫다. 안 해. 다른 장로들 많은데 내가 왜? 그리고 개방이 무너질 일 아니면 움직이지 않는다고 했던 말을 벌써 잊었어?"

눈을 부라리며 말하는 불취개의 모습에 다른 장로들
도 그의 시선을 피하기 급급했다.

그만큼 불취개의 개방에서의 위치를 알 수 있었다.

"후우…… 어쩔 수 없겠군요."

불취개의 말에 한숨을 내쉰 방주는 타구봉을 들었다.

방주가 손에 쥔 타구봉은 개방의 방주에게만 주어지
는 신물이자 권위를 상징하는 물건이었다.

개방의 신물을 들고 말하는 방주의 명령에는 절대적
으로 따라야 하는 게 개방의 율법이었다.

만일 그것을 어긴다면 율법대로 근맥과 단전을 폐하
고 죽어야 했다.

하지만 그런 방주의 타구봉을 본 불취개의 태도는 불
손하기 그지없었다.

짝짝!

"드디어 꺼냈네. 좋아. 가지. 약속 잊지 마."

손뼉을 치며 자리에서 일어난 불취개는 그대로 방주
를 지나쳤다.

─이제 3번 남았다.

불취개의 전음을 들은 방주는 입술을 깨물었다. 그리
고 불취개는 미소 짓고 있었다.

그렇게 불취개가 밖으로 사라지자 방주의 곁으로 한 거지가 다가왔다.

"방주. 괜찮겠소이까?"

그의 물음에 방주는 살짝 허탈한 표정을 짓고 있었고, 그 표정은 다른 거지들도 비슷했다.

그들 역시 방주와 불취개의 약속이 뭔지 다들 알고 있었기 때문이었다.

5번의 명령 후 그를 자유롭게 해준다는 약속이었다.

물론 처음 그 약속을 할 때 장로들의 반발이 대단했지만, 불취개가 그것조차 거절한다면 그냥 떠나겠다고 했기에 어쩔 수 없이 한 일이었다.

"어쩔 수 없습니다. 우리는 이미 약조를 했고 그를 막을 수단이 없으니 이렇게라도 붙잡고 있어야겠지요. 불취개왕이라 불리는 불취개가 개방을 떠나면 우리의 힘이 너무 떨어집니다."

"……."

"그가 떠나기 전에 그의 모든 것을 배울 후학을 양성해야 합니다. 한데 구지신개(九指神丐) 장로님과 청죽신개(靑竹神丐) 장로님에게서는 아직도 연락이 없는 겁니까?"

방주의 물음에 곁에 잇는 장로가 고갤 끄덕였다.

"예. 아직도 찾고 계신 모양입니다."

"하아…… 아무튼, 용개 장로에게 연락 해두세요. 불취개 장로가 간다고 그러면 아무리 안하무인인 용개 장로라도 함부로 하진 않겠죠."

한숨을 크게 내쉬며 말하는 방주의 모습에 그의 곁에 있던 장로는 방주를 바라보는 안타까운 시선을 애써 숨기며 말했다.

"알겠습니다. 방주."

* * *

태애앵! 태앵!

차진호와 후포성의 봉과 검이 부딪히며 소리가 크게 울리고 있었다.

그들은 추운 날임에도 이미 땀을 뻘뻘 흘리며 대련에 집중하고 있었다.

"하아암."

둘의 대련을 지켜보는 지악천의 눈에는 그저 매일같이 반복되는 모습에 불과했다.

오늘이 벌써 닷새마다 검증하는 날이 아니었다면 이들의 대련은 쳐다보지도 않고 나갔을 터였다.

약속한 게 있기에 꾹 참고 그들의 대련을 지켜볼 뿐이었다.

다만 둘 중 누구라도 빨리 승부수를 띄웠으면 했지만, 거의 한 달여 동안 투덕거렸던 만큼 그것조차 쉽지 않은 모양이었다.

3할의 내공을 가지고도 이제는 우위를 잡지 못하는 후포성은 그조차도 익숙하다는 듯이 차진호와 공방을 주고받고 있었다.

언제나처럼 지악천의 곁에 붙은 백촉은 그의 다리에 몸을 비볐다.

지악천은 그런 백촉이 행동이 무엇을 뜻하는지 알아차렸지만, 당장은 움직일 수 없었다.

"일단 기다려. 끝나면 가자."

팍팍!

지악천의 말에 백촉은 애꿎은 땅만 팔 뿐이었다.

그 뒤로 둘은 40여 합을 겨루고 나서야 거의 비등하게 이뤄지던 상황에 금이 가기 시작했다.

쩌엉!

계속해서 상황을 이어가던 후포성은 자신의 검이 갑자기 부러지자 당황했는지 입을 크게 벌리고 손과 다리가 멈췄다.

그리고 그런 틈을 차진호는 놓치지 않았다.

툭.

후포성이 부러진 검을 보고 있는 동안 어느새 찔러 들어온 차진호의 봉이 후포성의 가슴을 살짝 두드렸다.

"아."

멍하니 부러진 검을 보고 있던 후포성은 어느새 자신의 가슴에 닿은 봉을 보고는 이 모든 것이 차진호의 노림수라는 걸 알 수 있었다.

그리고 그것을 깨닫기 무섭게 항복의 표시로 손에서 부러진 검을 놓는 동시에 양손을 들어올렸다.

"졌다. 졌어. 완패다."

"흐흐흐! 드디어 이겼다!"

후포성의 패배 선언에 차진호는 정말 아이처럼 좋아했다.

그리고 지악천이 서 있는 곳을 바라보며 말했다.

"포두님! 크흐흐흑! 오늘은 자유 맞죠? 예? 맞죠?!"

거의 울먹거리는 차진호의 말에 지악천은 가볍게 손을 내저었다.

"가봐. 휴가 사흘. 현령님께는 내가 말해두마."

"우오오오옷!"

지악천의 말에 차진호는 괴성을 지르고 방방 뛰면서

빠르게 밖으로 향했다.

그리고 후포성은 여전히 허탈한 표정으로 바닥에 놓인 부러진 검을 바라보고 있었다.

"쯧쯧, 무뎌진 건가? 그것도 아니라면 방심했단 말인데, 어느 쪽이든 한심하단 말도 부족하겠어."

"……."

"자신의 검에 문제가 있다는 것에 대한 전조증상이 있었을 텐데 말이야. 아니면 머릴 굴린 진호 녀석에게 당했든지."

다소 신랄한 지악천의 평가에 후포성은 허탈한 표정을 지우고 고갤 떨굴 수밖에 없었다.

지악천의 말은 틀리지 않았기에 반박할 수 없었다.

자신이 사전에 검을 손질하지 않았다는 것과 분명 부러지기 전에 검에 문제가 있다는 것을 먼저 알았어야 했다.

하지만 그런 문제들을 전혀 알지 못했다는 사실은 낭인으로서 실격이었다.

'빌어먹을. 너무 오래 있었어.'

낭인으로서 최악은 바로 장착이었다.

최대한 짧은 휴식 기간으로 항상 자신을 날카롭게 갈고 닦아야 가능한 낭인 생활이야 하거늘.

길고 긴 휴식 같은 일은 결국 그의 감을 떨어뜨리게 만든 모양이었다.

물론 이번 일이 그에게도 많은 도움이 된 건 사실이지만, 낭인으로서 실전 감각이 떨어졌다는 것은 더 큰 손해라고 봐야 했다.

"내공이 없는 녀석에게 졌다는 사실에 분한 거야? 아니면 안일해진 자신에게 화가 나는 거야?"

"……."

굳이 따지면 둘 다라고 봐야 했다.

하지만 그 비중을 따진다면 후자가 압도적으로 클 것이 분명했다.

"원한다면 내가 떨어진 실전 감각을 되살려줄 용의가 있는데 말이야. 물론 내공도 다 풀어주지. 어때?"

지악천의 말에 후포성은 일반적인 상황이었다면 절대로 고민하지 않았을 제안을 일순간 고민했다.

그것은 그만큼 충격이 크단 방증이었다.

"빨리 결정해. 난 시간이 많은 사람이 아니라고."

지악천의 독촉에 후포성은 마지못한 표정으로 고갤 끄덕였다.

"그렇게 해주시면 감사하겠습니다. 포두님."

그의 말에 지악천은 가볍게 그의 단전 부근으로 손을

가져다 댔다.

툭툭.

가볍게 몇 곳을 짚자 후포성의 막혔던 단전이 원활하게 돌아가기 시작했다.

후포성의 단전에 있던 내공은 자신을 막고 있던 담장 역할을 하던 혈이 풀리자 사방으로 퍼져나갔다.

한 달여 동안 가혀 있던 자신의 영역을 확인하기라도 하겠다는 듯이.

"우오."

그러한 내공의 움직임을 느낀 후포성의 입에서 탄성이 절로 나왔다.

그 역시 한 달여 만에 자신의 내공을 충만하게 느낀 탓에 풀 죽어 있던 표정이 금세 상기되었다.

마치 무엇이라도 할 수 있다는 자신감을 되찾은 듯했다.

'감정 기복이 극과 극을 달리는군.'

"차 포두가 휴가 받은 기간 동안 나랑 실전 같은 대련으로 잃어버린 감각을 되살려 보라고. 그럼 내일 보자고."

그렇게 뒤돌아서 가는 지악천의 뒷모습을 멍하니 바라보는 후포성은 알지 못했다.

자신이 얼마나 멍청한 제안을 승낙했는지.

연무장에 남은 후포성을 뒤로한 채로 현청을 빠져나온 지악천은 곧장 객잔으로 향했다.

앞서 백촉과 약속한 것이 있기 때문이었다.

그렇게 객잔에서 배를 채우고 강성중과 둘이 잡힌 곳으로 향했다.

예의 그 집의 지하로 내려온 지악천은 화로 앞에 있는 강성중에게 말했다.

"강 형. 받아."

지악천은 객잔에서 싸 온 음식을 건네줬다.

받아든 강성중은 포장을 풀어서 내용물을 본 후에 고갤 끄덕였다.

"고맙다."

"그런데 어때? 성과 좀 있어?"

강성중은 벌써 닷새에 걸쳐서 그들을 고문하고 있었다.

최소한의 음식과 물. 그리고 고통이 사라질 만하면 이뤄지는 고문은 그들의 정신을 서서히 갉아먹고 있었다.

빠른 성과를 볼 순 없었다.

하지만 그들을 피폐해지게 만드는 것은 성공했고, 충

분했다.

 그들의 몰골은 피골이 상접했고 눈빛은 거의 죽어 있다고 봐도 무방할 정도였다.

 하지만 그런 그들을 상대로 강성중은 주기적으로 압박하며 심신을 끊임없이 흔들었다.

 잘 달궈진 쇠로 그들의 맨살을 지지면서 그들을 고문하고 또 고문하며 끊임없이 고문했다.

 그들이 알고 있는 것 하나라도 놓치지 않기 위해서였다.

 절레절레.

 강성중의 지악천의 물음에 고갤 흔들면서 부정했다.

 "거의 없지. 대부분 했던 얘기고 나머지는 신빙성이 떨어진달까?"

 "어떤 건데?"

 "지들 본거지가 의황(宜黃)에 있다잖아."

 "의황? 강서?"

 "맞아. 강서성 의황. 아무리 강서에서 정파보다 사파가 득세한다고 해도 사파의 주된 활동지인 광동, 광서, 복건도 아니고 강서라니. 어이가 없잖아."

 "음."

 "물론 그럴 수도 있다는 가능성 자체가 전혀 없다곤

할 순 없긴 하지만, 내가 알기로 이놈들 거점을 자주 옮기는 놈들이라 의미가 없다고 보고 있거든?"

"그래? 그러면 위에 보고해보지 그래? 그러면 좀 더 확실하게 알 수 있지 않겠어?"

"그것도 고려해 봤지만, 그쪽은 항상 인력 부족으로 골골거리는 곳이라 결과가 언제나 올지 미지수야."

"그러면 제갈세가를 통해서는?"

"글쎄. 일전에 제갈 소저를 통해서 살짝 말을 흘려보긴 했는데 제갈세가에 알렸는지는 알 순 없지. 그건 그녀의 선택이니까."

"흐음…… 그건 그렇지."

지악천이 이야기를 들으며 고개를 끄덕였다.

강성중은 지악천이 포장해온 음식을 먹기 시작하는데 위에서 인기척이 느껴졌다.

"위에 누가 왔네. 먹고 있어 내가 갔다 올 테니까."

그 말에 입안 가득히 음식을 넣고 씹고 있던 강성중은 고갤 끄덕였다.

그렇게 위로 올라온 지악천은 자신을 기다리고 있다는 듯이 서 있는 용개를 발견할 수 있었다.

"왜 왔어? 늙은 거지."

"……."

용개는 한결같은 지악천의 태도에 불쾌감을 드러내 봤지만 소용없었다.

"용건 없으면 가. 거슬리게 하지 말고."

용개의 입장에선 자신을 무시하는 지악천보단 강성중이 대화하기 편했지만, 그도 나름대로 급박한 상황이었다.

"이번 일을 총타에 알렸는데 총타에서 사람을 보낸다고 연락이 왔소."

"그게 뭐? 어쩌라는 건데?"

"……."

단호한 지악천의 말에 오히려 용개의 말문이 막혀버렸다.

자신의 의도에는 전혀 관심 없는 지악천에게 어떻게 말을 해야 하나 고민했지만, 결국은 하나였다.

직설적으로 해야 했다.

"총타에서 아래에 있는 이들을 데려가고자 불취개 장로가 출발했다고 하니, 그들을 양도해줬으면 좋겠소."

"싫다면?"

그 말이 끝나기 무섭게 나오는 지악천의 말에 용개가 오히려 당황했다.

불취개라는 이름을 거론했는데도 지악천의 태도가 변

지악천   276

함이 없었기 때문이었다.

천하십오절의 일인인 불취개왕이라 불리는 불취개의 이름을 듣고도 저런다면 일전에 제갈위학이 그랬듯이 정말 지악천이 무림에 대해서 거의 무지하다고 봐야 했다.

하지만 지금 상황은 그를 설득하고 있을 시간이 없었다.

아무리 총타와 이곳의 거리가 멀다고 해도 불취개의 경공을 생각하면 시간이 많지 않았다.

길어봤자 하루 이틀 정도이기에 어떻게든 양보를 받아내야 했다.

하지만 주는 것도 없이 막무가내로 달라고만 한다면 지악천이 승낙할 이유가 없다는 것을 알기에 용개는 초조해졌다.

용개는 불취개의 성격을 어느 정도 알고 있기에 이 상황이 정리되지 않는다면 모든 화가 자신에게 쏠릴 가능성이 크다는 것을 알고 있었다.

"그들을 넘겨준다면 내가 지 포두가 필요한 정보가 있다면 얼마든지 알아봐 주겠소이다."

"음."

"어떻소? 나쁘지 않은 조건이지 않소? 그리고 꼭 지

금이 아니라도 이후에도 내 선에서 가능한 정보는 뭐든지 최선을 다해서 알아봐 주겠소."

"⋯⋯."

용개는 급한 마음에 자신이 할 수 있는 최상의 조건을 달았지만, 지악천은 시큰둥한 표정으로 일관했다.

'이게 이렇게 딱 맞아떨어지네.'

이 역시 사전에 제갈위학이 얘기 해줬던 부분이기도 했었다.

제갈위학이 떠나기 전에 지악천과 많은 얘길 나눴다.

그는 이런 일 역시 예상이나 했다는 듯이 사전에 언급을 해줬었다.

그렇기에 딱히 그 어떤 표정도 지을 필요가 없었다.

그리고 이 조건이 용개가 해줄 수 있는 최상의 조건이라는 것 역시 제갈위학이 언급했었다.

그렇지만 지악천은 그다지 아쉬울 것이 없었다.

적어도 지금은 그러했다.

개방을 상대로 그다지 얻을 것이 없다고 말이다.

지악천이 시큰둥한 표정을 지으면 지을수록 용개는 초조할 수밖에 없었다.

용개의 제안이 썩 마음에 들지 않는 것도 있었다.

하지만 지악천으로선 일단 협력관계인 제갈세가의 행

동에 맞춰나가야 하긴 했기에 대답을 할 이유를 느끼지 못했다.

제갈세가에서 결론이 나왔다면 몰라도 말이다.

자신의 조건에도 지악천의 태도가 변하지 않자 용개는 일단 물러서기로 했는지 이내 말했다.

"그렇게만 생각하지 말고 일단 생각을 해보시오. 다만, 시간이 그리 많지 않다는 것만 알아줬으면 하네."

용개는 최대한 정중한 태도를 유지하며 물러섰다.

"꼭! 생각해보게! 절대 나쁜 조건은 아니라는 걸!"

빠져나가기 전에 강조하며 밖으로 나가는 게 왠지 모르게 처량하게 보였지만, 지악천에겐 알 바 아니었다.

물론 제갈세가에서 어떤 결정을 내리냐에 따라서 달라지긴 할 것이다.

이번 일에 사실 가장 큰 피해를 본 이들은 지악천이 아닌 제갈세가였기 때문이었다.

그렇게 용개가 떠나고 다시 내려가려고 하는 순간 빠르게 다가오는 익숙한 기척을 느끼고 기다렸다.

그리고 제갈청하가 도착했다.

"마침 계셨군요! 지 포두님. 세가에서 연락이 왔어요."

그 말과 함께 제갈청하는 손에 쥐고 있던 서신을 건넸다.

"흐음…… 음?!"

서신을 읽던 지악천의 눈이 휘둥그레졌다.

흑연에서 받은 것들의 절반을 주겠다니 그리고 요구한 것이 금자 백만 냥이라는 내용에 눈이 커지지 않을 수가 없었다.

이제까지 지악천이 챙겼던 것들도 상당한 돈이긴 했지만, 이건 공식적으로 쓸 수 있는 돈이었다.

"정말로 절반을 준다는 겁니까? 제갈 소저?"

"뭐, 그렇겠죠? 저희 세가가 고작 금자 50만 냥 때문에 지 포두님을 속일 이유는 없으니까요."

그 부분은 제갈청하의 말이 맞긴 했다.

제갈세가가 매년 벌어들이는 수익만 해도 수백만 냥을 가볍게 웃돌 텐데 굳이 큰 욕심 낼 필요는 없었다.

오히려 이걸 계기로 살짝 금이 갔을 수도 있는 지악천과의 관계를 더욱 돈독하게 한다면 싸게 막은 것이라고 할 수 있었다.

제갈세가의 입장에서 아무리 지악천이 무림에 대해서 모른다고 해도 초절정 고수에게 좋은 인상을 주는 것은 물론이고, 그의 힘을 얻을 수 있다면 50만 냥은 싼값에 불과했으니까.

"그렇다면 제갈세가는 이번 일에 대한 흑연과 관계를

280

정리하는 것이군요?"

지악천의 말에 제갈청하는 살짝 불편함을 드러냈다.

"예. 아무래도 그렇게 될 거에요."

"그런 것 치곤 제갈 소저는 그 결정에 불만이 있는 모양이군요?"

"……없다곤 할 수 없죠."

제갈청하는 자기 생각을 그다지 숨길 생각이 없어 보였다.

'꼭 이해하지 못할 것도 아니지만, 내 생각 이상으로 집착이 있는 편이군.'

이렇게 지악천은 제갈청하의 성향 한 가지를 확신할 수 있었다.

"그건 그렇고 방금 늙은 거지에게 한 가지 요구받았습니다. 그 요구는 제갈세가의 의견도 필요한 부분입니다."

지악천은 곧바로 용개가 했던 말을 했다.

그렇게 지악천의 말을 듣던 제갈청하의 눈에 커졌다.

"예? 개방의 불취개 장로가요? 정말인가요?"

지악천은 제갈청하가 왜 그런 반응을 보이는지 이해할 수 없었다.

누가 와도 어차피 거지는 거지일 뿐이지 않은가.

지악천은 개방을 무림의 단체라고 보기보다는 그저 거지집단이라는 관점으로 보고 있었다.

　제갈청하는 자신의 반응을 이해할 수 없다는 표정의 지악천을 보며 소리쳤다.

　"아니! 불취개 장로는 단순한 개방도가 아니에요! 천하십오절의 일인인 불취개왕이라고 불리는 대단한 분이라고요!"

　격한 제갈청하의 반응에 지악천 역시 그런 그녀의 반응을 이해할 수 없었다.

　'아니, 거지가 대단해봤자, 거지일 뿐인데…….'

　이건 엄연한 관점의 차이였으니 이 괴리를 메우려면 직접적인 경험을 할 필요가 있었다.

　제갈청하가 그렇게 놀라워하는 천하십오절의 일인이라는 불취개를 마주하는 수밖에 없었다.

　물론 지악천은 이미 불취개 말고 다른 천하십오절의 일인인 제갈세가의 가주인 제갈승후를 만났었다.

　하지만 그가 천하십오절의 일인이라는 사실을 모르기에 단순하게 생각하고 있었다.

　만약 제갈승후가 천하십오절의 일인이라는 사실을 알았다면 그러한 생각하지 않았을 것이 분명했다.

　"아무튼, 불취개 장로께서 오신다면 어지간하면 물러

서는 게 좋아요. 그분의 성정이 알려진 대로라면 귀찮은 일을 딱 싫어하신다고 들었는데, 만약 그 소문대로라면 그냥 취할 수 있는 것들 취하고 물러서는 게 나을 수 있어요."

"음."

"그리고 용개 장로가 자신의 선에서 할 수 있는 정보들을 제공해준다고 했으니 그에 대한 증표만 받아두세요. 그것만으로도 충분하니까. 그리고 공증이 필요하면 제가 나서면 문제없을 거예요."

"……."

제갈청하는 지악천이 괜히 일을 벌이기 전에 막아야 한다고 생각했는지 적극적으로 나섰다.

지악천은 살짝 호기심이 일긴 했지만, 무림 일은 자신보다 제갈청하가 잘 알기에 일단은 고개를 끄덕였다.

"일단, 강 형에게 몇 가지 더 물어보고 결정하죠. 그러면 되겠죠?"

제갈청하는 강성중의 소속을 알기에 그가 지악천을 자제시킬 것이라 믿었다.

그렇게 제갈청하가 자리를 떠난 후 다시 밑으로 내려간 지악천은 강성중에게 용개와 제갈청하와 했던 대화를 복기했다.

"흐음…… 확실히 제갈 소저의 말대로 용개 장로의 조건은 나쁘지 않아. 아니, 아니지. 아주 좋아. 다만 이곳으로 오는 이가 천하십오절의 일인인 불취개왕께서 오신다는 부분인데…… 그분의 성향은 그다지 호전적인 성격은 아니긴 한데, 그렇다고 마냥 어수룩한 위인도 아니야. 그분도 나름대로 개방소속이니까 오히려 널 보면 너에 대해서 궁금해 할지도 몰라. 그런 혹시 모를 불편함을 털어내려면 지금이라도 용개 장로에게 이놈들을 넘기는 게 좋아 보이긴 하는데……."

"……."

"과연 용개 장로가 천진으로 보낸 서신에 너에 관해서 썼냐 쓰지 않았냐에 따라서 갈리겠지."

"그렇네. 내가 엮이지 않는 게 최선이라고 보는 거네? 강 형은?"

그 말에 강성중은 고갤 끄덕였다.

"맞아. 만약에 골치 아파질 상황에 직면할 수도 있으니까."

강성중은 자신의 소속과도 관련된 문제이기도 했지만, 그에게 명령을 내린 제갈군은 지악천이 다른 이들과 엮이는 걸 최대한 자제하고자 했다.

무림맹도 무림맹이지만 제갈군 역시 세가의 힘이 좀

더 강해졌으면 했으니까.

더군다나 지악천을 무림맹으로 끌어들이기엔 살짝 늦은 감도 없지 않았기에 자신의 세가와 엮으려고 했으니까 말이다.

그렇기에 강성중에게 일러 최대한 다른 이들과 지악천의 접촉을 자제시키고자 했지만, 계속해서 엮이는 상황은 그가 어찌할 수 없는 영역이었다.

마치 하늘이 그런 제갈군의 심보를 방관하지 않겠다는 듯이 말이다.

"흐음…… 뭐, 강 형. 말대로 해서 손해 볼 건 없을 테니까. 뭐, 좋아. 그렇게 하자고. 그러면 이왕 결정했으니 바로 넘기지. 어차피 입 다물고 있을 거 늙은 거지에게 넘겨버리는 게 편하니까."

그 말에 강성중은 아쉽다는 듯이 살짝 입맛을 다신 후에 고개를 끄덕였다.

"뭐, 살짝 아쉽지만, 그래. 그렇게 하자고."

그렇게 결정을 내린 강성중이 그들을 바라보자, 그들은 이제까지 고문당했던 때와 다르게 감정이 흔들리기 시작했다.

그들은 다른 곳도 아니고 개방에 넘기겠다는 말에 놀란 모양이었다.

"읍읍!!!"

둘 다 입에 재갈이 물린 상태라 말을 하진 못했지만 그들의 의지는 하나였다.

개방에 넘길 바에야 차라리 죽여라.

대충 그런 것 같았다.

씨익.

그런 둘의 모습에 지악천과 강성중은 서로를 보며 가볍게 미소를 지을 뿐이었다.

그들은 이번 일에 관계된 관계자들의 손을 거쳐서 결국 마지막의 종착지가 결정된 순간이었다.

〈다음 권에 계속〉

어울림 BOOKS
신인 작가 대모집!

어울림 출판사는 무한한 상상력과 뜨거운 열정을 가진 작가 여러분을 기다리고 있습니다.
창작에 대한 열의가 위대한 작품으로 꽃피울 수 있도록 저희 어울림 출판사가 여러분의 힘이 돼 드리겠습니다.

지금 도전하십시오!

모집 분야 : 판타지, 역사, 무협, 로맨스 등
모집 대상 : 아마추어, 인터넷 작가등 열정을 가진 모든 작가
모집 기한 : 수시 모집
작품 접수 방법 : 당사 네이버 카페 또는 이메일을 이용해 주십시오.

파일 형식은 제한이 없으나 원활한 원고 검토를 위해 '.HWP' 형식
으로 보내주시고, 파일에 연락처도 함께 기재해주시면 됩니다.

채택된 작품은 정식 계약을 통해 출판물로 간행됩니다.
간행된 출판물은 당사의 유통망을 이용하여 전국 서점으로 배포됩니다.
※ 문의 사항은 **네이버 카페(http://cafe.naver.com/oulim0120)**를 이용하시기 바랍니다.

경기도 고양시 일산동구 장항동 43-55 성우사카르타워 801호
어울림 출판사 신인 작가 담당자 앞
전화 031) 919-0122 / **E-mail** 5ullim@daum.net

살인 누명을 쓰고 구치소에 수감 중이던 아버지가 자살하셨다. 절대 그럴 리가 없는 분이라고 믿었던 아들은
친구들의 괴롭힘 속에 뇌사에 빠지고 그의 영혼은 환생이라는 순리를 거스르고 탈주하여 타락한 영혼, 악마가 되었다.
악마가 되면서까지 그가 지옥에 남은 이유는 단 하나. 아버지의 영혼을 찾겠다는 것.

그렇게 그는 지옥에서의 시간을 보내던 중 마침내 최고의 자리에 오르게 되었다.
하지만 그가 생각한 이곳에 아버지의 영혼은 없었다.
마왕이 된 그는 진실을 찾기 위해 본래 세계로 돌아가기로 마음먹게 된다.
그렇게 지옥의 마왕은 지상계로 강림하게 되는데...

여고 앞 카페에 마왕이 산다

수호 현대판타지 장편소설

어울림